ÉTINCELLE

Électrique #2

E. L. TODD

Table des matières

Hartwick Publishing

Étincelle

UN

Volt

J'entrai dans le bar et sentis la douleur sourde revenir en force. Mon cœur était vulnérable en permanence, sur le point de prendre feu et de se consumer. Taylor était toujours dans mes pensées et dans mes rêves. Je voulais conquérir cette femme – et je craignais d'échouer.

Je la vis en train de parler à Natalie dans un coin de la pièce. Elle portait une robe mauve très ajustée qui moulait ses hanches sublimes et dévoilait ses longues jambes ridiculement sexy. Ses cheveux étaient remontés en chignon, et je ne pouvais que supposer que sa robe était dos-nu.

Oh purée !

Même si elle était à croquer dans son nouveau style vestimentaire, je la préférais dans ses tenues habituelles. J'adorais ses longues robes multicolores, ses boucles d'oreille avec les planètes et l'anneau en forme de serpent qu'elle portait de temps à autre. J'adorais sa personnalité étrange et excentrique – parce qu'elle était parfaite telle qu'elle était.

Après avoir commandé à boire, je me joignis à leur conversation. Mon attention était focalisée sur Taylor, et j'accordai à peine un regard à Natalie. Tous les clients du bar étaient sans importance, à côté de la femme pour laquelle je craquais. J'avais toujours du mal à croire que c'était la vérité.

Que j'étais épris d'une autre.

— Heu… Allô ? fit Natalie en agitant la main devant mes yeux.

Mince, étais-je si transparent ?

— Salut, Nat. Comment vas-tu ?

— Je n'étais pas sûre que tu m'aies remarquée…

Elle était sur son trente-et-un elle aussi, mais je ne lui avais pas prêté suffisamment attention pour remarquer la couleur de sa robe ou sa coiffure. Tous les occupants du bar étaient comme flous, des formes étranges.

— Bien sûr que si. Tu es très jolie.

J'étudiais toujours l'épaule de Taylor, admirant la constellation de petites taches de rousseur sur sa peau. Je ne les avais encore jamais remarquées et, maintenant, je crevais d'envie de toutes les embrasser – encore et encore.

— Tu ne m'as même pas regardée…

À présent, j'étais vraiment irrité. Je me tournai vers elle et lui décochai mon regard le plus glacial.

— Contente ?

Natalie leva les yeux au ciel et s'éloigna.

Dieu merci… elle était partie.

— Ne fais pas attention à elle, me conseilla Taylor. Elle est mal lunée, en ce moment.

L'instant où Natalie avait disparu de mon champ de vision, j'avais cessé de penser à elle. Tout ce qui m'importait, c'était Taylor et la manière dont son chignon dévoilait sa nuque. Sa peau délicate était révélée, et je bandai en m'imaginant l'embrasser partout.

—J'aime bien ta nouvelle coiffure…, balbutiai-je en indiquant ses cheveux, au cas où elle se méprendrait sur mes paroles.

— Heu, merci…, répondit-elle en touchant distraitement son chignon.

Je me raclai la gorge puis dissimulai mon malaise en buvant un coup. Je me comportais comme un loser qui n'avait aucune technique de séduction. Si je continuais comme ça, Taylor ne me remarquerait jamais.

—J'étais trop paresseuse pour les coiffer donc je les ai attachés…

— Ça te va vraiment très bien.

Elle était sur le point de boire, mais hésita en entendant mon compliment.

— Eh bien… Merci.

Je m'enfonçais de plus en plus. Pourquoi étais-je incapable de la charmer comme je le faisais avec les autres femmes ? Pourquoi était-ce si difficile ? Elle était ma meilleure amie, donc je devrais savoir comment la séduire...

Sauf que je n'en avais aucune idée.

— Tu as des plans pour le week-end ? demandai-je, imaginant qu'elle avait prévu de voir son trouduc de copain.

— Sage rend visite à ses parents samedi, donc on a prévu de se voir dimanche.

Ses yeux s'illuminèrent en mentionnant son nom.

Je le détestais.

Je l'exécrais.

— Alors… ça devient sérieux ?

Si elle était amoureuse, je ne pourrais pas intervenir. Mais ils venaient de se rencontrer et Taylor ne ferait pas l'erreur de précipiter les choses. Elle avait la tête sur les épaules.

— On n'est sortis ensemble que quelques fois, mais j'ai un bon pressentiment. Je pense que ma quête pour trouver le prince charmant est terminée.

Aïe.

Putain ! Non !

— Ne précipite pas les choses. Tu sais, tu ne le connais pas vraiment.

— C'est vrai. Mais j'ai une intuition. L'alchimie était présente dès le début. Et on s'est rencontrés dans des circonstances tellement étranges que je me demande si ce n'était pas le destin…

J'avais la nausée.

— J'ai l'air d'une folle, je sais, soupira-t-elle en regardant son verre.

— Non… pas du tout.

— Je ne suis pas obsédée par le mariage.

— Je n'ai jamais dit que tu l'étais.

— Je veux simplement trouver un partenaire avec qui passer ma vie, avoir des enfants, et j'ai l'impression que ça pourrait être lui.

— Tu ne le connais pas assez bien pour dire une chose pareille.

Quelle chance me restait-il, si elle pensait déjà tout ça alors qu'elle le connaissait à peine ?

— Tu as raison. Je ne le connais pas encore assez.

Mais… j'ai un bon pressentiment.

Mais quel crétin ! Elle avait été sous mon nez pendant trois mois, et j'aurais pu conquérir son cœur à tout moment. Il aurait suffi que je lui demande de sortir avec moi, et elle aurait été mienne. Mais non, j'avais fait le con.

Elle me dévisageait sans que je l'aie remarquée.

— Volt, tu es sûr que ça va ?

— Ouais, répondis-je avant de m'éclaircir la gorge. Je crois que j'ai attrapé un virus.

— Oh non ! Tu viens juste de sortir d'une grippe intestinale, non ?

— Ah bon ?

Quand était-ce arrivé ?

— Ouais. Il y a un mois ou quoi…

Je m'en souvenais à présent. J'avais dû inventer une excuse pour justifier mon abstinence.

— Oh ouais ! J'avais oublié.

Taylor semblait avoir des soupçons, et je ne pouvais pas lui en vouloir.

— Tu es sûr que ça va ?

À part le fait que j'avais perdu la seule femme sans qui je ne pouvais vivre ? Tout allait fabuleusement bien !

— Ouais, ça va. Si tu es libre samedi soir, ça te dirait d'aller dîner ?

— Avec plaisir.

— Où voudrais-tu aller ?

Un sourire malicieux fendit ses lèvres.

— Pita Paradise ? devinai-je en riant.

— Quoi ? C'est délicieux !

— Il y a tellement de restaurants incroyables en ville et

c'est là que tu veux aller ? Tayz, ce n'est même pas si bon que ça.

— Je suis tordue, je sais.

— Je n'ai jamais dit que tu étais tordue. Mais tu as des goûts intéressants.

— Que veux-tu que je te dise ? lança-t-elle en haussant les épaules. Je suis originale.

— Et je t'aime telle que tu es.

Jamais je n'avais été plus sincère. Les mots franchirent mes lèvres sans intervention consciente de mon cerveau, et je compris que j'étais coincé. C'était au moment où je l'avais perdue que j'avais réalisé la profondeur de mes sentiments. Une étoile filante avait croisé mon chemin, et je n'avais pas pris le temps de la regarder et de l'apprécier. Avant que je ne comprenne que j'avais rencontré la perle rare, elle était passée à un autre.

J'avais raté ma chance.

APRÈS AVOIR DÎNÉ à Pita Paradise, nous nous rendîmes dans un piano-bar. L'endroit était bondé, mais les gens parlaient à voix basse. Tout le monde était bien habillé : les femmes en robe et talons, les hommes en chemise. Je ne portais pas souvent de chemise en dehors du travail mais, ce soir, j'avais fait une exception.

Et je savais pourquoi.

Taylor en était à son troisième verre, et riait sans raison.

— L'épisode de *South Park* où Kenny meurt…, s'esclaffa-t-elle avant d'abattre sa paume sur la table, revivant l'épisode en question dans sa tête. Oh, mec. C'était à se tordre.

J'ignorais de quoi elle parlait, mais j'adorais la voir rire. Ses yeux brillaient d'une étincelle aventureuse, son sourire était craquant.

Si seulement c'était moi qui la faisais rire ainsi.

Elle avait bientôt terminé son troisième verre et ferait sans doute mieux d'en rester là.

— Alors… Combien de femmes as-tu ramené dans ton lit, cette semaine ?

Ma libido s'était volatilisée depuis que j'avais compris mes sentiments pour Taylor. Je ne sortais pas avec elle et elle n'avait aucune idée de ce que j'éprouvais, mais je ne pouvais être avec personne d'autre. Je n'en avais aucune envie.

— Zéro.

— Zéro ? répéta-t-elle en riant, comme si c'était une blague. Allez, sans déconner.

— Je suis sérieux.

Elle partit d'un grand rire, et j'ignorais ce qu'elle trouvait si drôle.

— Ouais, c'est ça. Fais-moi marcher. Ta tête exploserait si tu ne tirais pas ton coup tous les jours.

— Pas vraiment.

J'étais trop déprimé pour ressentir quoi que ce soit.

— Alors tu dois mater des heures et des heures de porno.

— Non plus.

Elle commanda un autre verre au bar et but une gorgée qu'elle faillit renverser sur sa robe. Ce serait son dernier verre. Je n'allais pas la laisser continuer à boire.

— Hé… j'ai un secret.

— Ah oui ?

— Viens ici, dit-elle en me faisant signe d'approcher.

M'approcher d'elle me rendait nerveux. J'ignorais si je pourrais me retenir de l'embrasser.

Elle m'attrapa par la main et m'attira vers elle. Sans s'en rendre compte, elle tira ma main contre sa poitrine. Je pus sentir la courbe de ses seins.

Ils étaient délicieux.

Ne sachant pas ce qui se passait, je retirai ma main, mais elle la rattrapa.

— Tu veux connaître mon secret ?

Nous étions si proches que nous aurions pu nous embrasser.

Je devrais sauter le pas.

Je pourrais mentir et dire que j'étais ivre.

Nous nous embrasserions passionnément avant de rentrer ensemble. Nos ébats seraient si torrides qu'elle ne penserait pas une fois au loser avec qui elle sortait. Elle serait mienne et nous pourrions recommencer à zéro.

Mais ça ferait de moi un trou du cul.

— Quel est ton secret ?

Elle gloussa avant de poser sa bouche contre mon oreille.

Un frisson parcourut mon échine au contact de ses lèvres sur ma peau. Son souffle résonna dans mon oreille et je pus sentir ma queue durcir à la vitesse de l'éclair.

— Je regarde du porno, pouffa-t-elle avant de reculer.

Je la regardai en souriant jusqu'aux oreilles. Voilà un sujet que je désirais approfondir.

— C'est vrai ?

— Je sais, c'est coquin, s'esclaffa-t-elle.

— Qu'est-ce que tu regardes ?

— Des trucs…, répondit-elle en rougissant.

— Allez, dis-moi.

— Je ne sais pas… Qu'est-ce que tu regardes, toi ?

Mes goûts avaient beaucoup changé ces derniers temps.

— Une superbe brune, prof d'école.

— Quoi ? demanda-t-elle, perplexe.

Elle était trop saoule pour comprendre quoi que ce soit.

— Oublie ce que j'ai dit. Alors, dis-moi ce qui te branche.

— Des tas de choses… même des plans à trois.

— Pas possible ! m'exclamai-je en riant.

— Puisque tu m'as dit que tu avais régulièrement des plans à trois, je voulais comprendre ce que ça avait de si excitant.

— Et alors ?

— C'était assez chaud.

— Avec deux hommes ?

— Non. Deux femmes.

Encore plus chaud.

— Ah oui ?

— Je trouve ça sexy, qu'un homme puisse satisfaire deux femmes.

Alors j'étais son homme.

— Si tu n'étais pas aussi bourrée, je te sauterais dessus.

Elle éclata de rire, comme si c'était une blague.

J'étais très sérieux.

Elle termina son verre et fit mine d'en commander un autre.

— Non. C'est terminé.

— Pourquoi ? demanda-t-elle en faisant la moue, comme une gamine.

— Je ne t'ai jamais vue si saoule, répondis-je en buvant une gorgée de son verre. Purée, pas étonnant que tu sois bourrée ! Ils ne rigolent pas avec la dose.

Elle pouffa.

— Je vais te ramener.

— Mais on s'amuse trop bien !

— Montre-moi ton porno préféré quand on sera chez toi.

— Quoi ? s'exclama-t-elle, incrédule. Trop bizarre.

Elle essaya de descendre du tabouret mais glissa.

— Fais gaffe, Bambi, dis-je en la rattrapant par la taille pour la remettre debout.

— Je ne suis pas une biche. Je n'ai que trois jambes…

— Trois ? répétai-je en haussant un sourcil.

— Ouais. Une… deux…, fit-elle en les comptant, avant de s'interrompre, perplexe. C'est bizarre. J'aurais pu jurer que j'en avais trois.

Je réprimai un fou rire avec difficulté.

— Il est vraiment temps de te ramener.

Elle posa un pied devant l'autre, mais son talon glissa sur le carrelage.

Ma petite Bambi. Je la soulevai dans mes bras et la tins contre mon torse.

— Je vais te ramener.

— Purée, c'est haut d'ici, fit-elle remarquer en passant ses bras autour de mon cou. Tu n'as pas peur ?

— On s'habitue.

Je la portai hors du bar et jusqu'au trottoir. C'était la première fois que je la portais dans mes bras, et j'adorais sentir son poids plume. Nos corps étaient faits pour se fondre l'un dans l'autre. Étais-je le seul à le remarquer ?

Elle posa son sac sur son ventre puis blottit sa tête contre mon épaule, se fichant des passants qui nous dévisageaient. Elle ferma les yeux et sembla sombrer dans un sommeil induit par l'alcool.

— Tu veux rentrer chez moi ? proposai-je.

Nous étions plus proches de mon appartement que du sien. Mon offre était complètement désintéressée. Enfin… pas tant que ça.

— Ouais… Je suis crevée…

Oui !

JE LA DÉPOSAI sur le lit et retirai ses talons.

— Au début, je pensais que tu ne tenais pas l'alcool mais, maintenant que j'ai goûté ces cocktails, je suis surpris que tu aies tenu aussi longtemps.

— J'adore l'alcool, déclara-t-elle en posant sa tête sur mon oreiller.

Je gloussai, puis tirai la couverture pour la border.

Elle se rassit et baissa la tirette de sa robe.

Je me figeai, attendant de voir la suite.

Elle se débarrassa de sa robe puis la jeta par terre. Elle ne portait plus qu'un soutien-gorge noir sans bretelles, et ses seins étaient poussés l'un contre l'autre par les bonnets ampliformes. Je pouvais voir la ligne de son décolleté, et sa chaîne en argent contrastait avec la couleur de sa peau claire.

Envoûté, je ne pouvais détourner les yeux.

Elle dégagea les mèches de ses cheveux puis remonta la couverture.

Je ne pouvais que la regarder.

Elle était à moitié nue dans mon lit. Sa peau touchait le matelas sur lequel je dormais toutes les nuits. Son odeur naturelle parfumerait mes draps pendant des semaines.

J'avais du mal à comprendre ce qui se passait.

J'ouvris un tiroir de ma commode et en sortis un de mes t-shirts, avant de le lui lancer.

— Peut-être que tu seras plus à l'aise là-dedans.

Et que je pourrai me contrôler quand je serai couché à côté de toi…

Elle ne se releva pas, trop fatiguée. Elle se contenta de tâter les draps jusqu'à le trouver. Puis elle l'enfila à la va-vite, couvrit sa poitrine et se mit à l'aise. Quand le t-shirt fut bien ajusté, elle se rallongea.

La galanterie me dictait d'aller dormir sur le canapé, dans le salon. Ça ne me dérangeait pas de lui laisser mon lit, car je ne laisserais jamais une femme dormir ailleurs, mais je ne voulais pas être loin d'elle.

Je voulais dormir dans ses bras.

Je retirai mon t-shirt et mon jean puis sortis mon jogging d'un tiroir. Malgré mon besoin pressant de me coucher à ses côtés, je parvins à me convaincre d'aller dormir dans le salon.

— Où tu vas ? demanda-t-elle en se relevant, ayant entendu mes pas s'éloigner.

Son mascara s'était mis à couler, et mon t-shirt faisait

plusieurs tailles de trop. Qui aurait cru qu'une femme puisse être si sexy dans des vêtements informes ?

— Je vais dormir sur le canapé.

Je restai sur le seuil et attendis qu'elle m'invite à dormir avec elle. *J'espérais* qu'elle m'inviterait dans mon lit. Mon corps pourrait la réchauffer toute la nuit, et sa présence chasserait mes fantômes.

— Non, dors ici, dit-elle en descendant la couverture pour me faire de la place.

Je savais qu'elle était ivre et embrouillée, mais je n'allais pas refuser son offre. Nous avions déjà dormi une fois ensemble, donc j'utilisai cette excuse pour justifier mon geste. Je me glissai à côté d'elle, sous les draps.

Il y avait quelques centimètres entre nous, mais ç'aurait pu être des kilomètres. Son souffle apaisé résonnait dans la chambre et je pouvais voir sa poitrine monter et descendre à chaque respiration. Elle donna quelques coups de pied sous les draps pour trouver une position confortable.

Je restai couché sans bouger, regardant le plafond.

Elle se retourna puis se blottit contre mon flanc sans hésiter. Cela se passa si vite que je n'y étais pas préparé. Elle passa un bras autour de ma taille et nicha son visage dans le creux de mon épaule. Ses jambes minces se collèrent contre les miennes. Elle glissa même une jambe entre mes cuisses.

C'était le paradis.

Je glissai un bras sous sa tête et l'attirai encore plus près de moi. Son haleine chaude frôla ma gorge. Elle posa sa main sur mon ventre plat, et j'adorai sentir le léger contact de ses doigts.

C'était si bon que j'avais envie de ronronner.

Quand les femmes passaient la nuit, elles restaient généralement de leur côté du lit et moi du mien. Je n'étais pas amateur de câlins. Ce n'était pas la faute de mes partenaires, mais j'avais généralement trop chaud pour être à l'aise à côté d'un autre corps.

Mais avec Taylor, je ne m'en lassais pas.

J'aurais aimé la rouler sur le dos et l'embrasser agressivement. Ses ongles grifferaient mon dos et y laisseraient des marques qui resteraient pendant des jours. Elle gémirait et en redemanderait. Et elle m'embrasserait comme si elle m'aimait.

J'étais sûr que ce fantasme deviendrait réalité si je lui sautais dessus. Si je l'embrassais et lui faisais l'amour, elle en aurait autant envie que moi. Demain matin, nous en parlerions et ce serait l'occasion idéale de l'inviter à un rendez-vous – et de lui demander de sortir avec moi.

Mais ce serait dégueulasse.

Elle était ivre. Suffisamment ivre pour retirer sa robe devant moi. Quelle que soit la profondeur de notre amitié, elle n'aurait jamais fait ça si elle avait été sobre.

Je ne pouvais pas lui faire ça.

Je voulais qu'elle soit mienne, et j'étais prêt à tricher pour parvenir à mes fins, mais je ne comptais pas profiter d'elle – même si mes intentions étaient louables.

Parce qu'avant tout, elle était mon amie.

Et les amis ne se faisaient pas ça.

Elle poussa un petit soupir juste avant de s'endormir. Elle se détendit contre mon corps et partit au pays des rêves.

J'eus un moment de faiblesse et fis quelque chose que

je n'aurais pas dû. Je me tournai vers elle et déposai un léger baiser sur ses lèvres. C'était aussi bon que la dernière fois que nous nous étions embrassés. Mes lèvres brûlaient tellement que c'était glaçant, et mon corps entier s'enflamma, extatique.

J'aurais pu jurer qu'elle m'avait rendu mon baiser, à peine. Ses lèvres remuèrent légèrement et, quand je m'éloignai, elles étaient entrouvertes. Peut-être était-ce mon imagination, mais j'aurais pu le jurer : elle m'avait embrassé.

Elle poussa un autre soupir, retournant à son rêve.

DEUX

Taylor

Je me réveillai avec un mal de tête carabiné.

Le pire de tous.

Encore pire que la gueule de bois au lendemain de ma remise de diplôme.

C'était atroce.

Dès que j'ouvris les yeux, la migraine bourdonna de plus belle contre mes tempes. Il faisait noir dans la chambre car les volets étaient baissés, mais c'était déjà trop lumineux. Je vis la table de nuit en bois foncé et la batte de base-ball dans le coin.

Je n'avais pas de batte de base-ball.

Hein ? Où étais-je ?

Je me rassis et compris que j'étais dans le lit de Volt. Nous avions dû rentrer chez lui après avoir été au bar. Je ne me rappelais pas grand-chose, mais il me semblait que Volt m'avait portée pour me ramener à la fin de la soirée.

— Salut, bébé, dit Volt en s'asseyant au bord du lit, la main tendue.

Deux comprimés se trouvaient dans sa paume. Je les lui arrachai de la main et les avalai sans eau.

— Ooh… merci !

Puis il me tendit une bière.

— Tu crois vraiment que je vais boire ça ?

— Tu pensais que c'était pour moi ?

— Je viens d'avaler de l'aspirine. Je ne suis pas censée boire d'alcool.

— Tout ira bien, insista-t-il en me la tendant. La meilleure manière de soigner une gueule de bois, c'est de continuer à boire.

— Quoi ?

— Je sais que ça paraît fou, mais c'est la vérité.

Je pris la bouteille et en bus la moitié d'une traite.

— Je te reconnais bien là, gloussa-t-il en me frottant doucement le dos.

Je posai la bouteille sur la table de chevet avec un bruit sourd, prête à retourner dormir. Cela faisait très longtemps que je ne m'étais pas sentie aussi mal. Je palpai mes tempes pour soulager la tension, mon crâne palpitant, et c'est là que je remarquai que Volt était torse nu.

Quel Apollon !

Tous les reliefs de ses muscles étaient dessinés comme au marqueur indélébile. Sa peau était impeccable et tendue, sa force évidente dans tous ses mouvements. Je savais qu'il s'entraînait avidement, mais je n'avais pas réalisé qu'il était aussi bien gaulé.

Volt me regardait. Au fond de ses yeux, ses pensées étaient un mystère.

— Tu as toujours été aussi musclé ? lâchai-je.

— Ouais, répondit-il, un sourire arrogant sur les lèvres.

— Ooh…

Je m'obligeai à détourner les yeux pour ne pas tomber en pâmoison.

Volt ramassa un oreiller et le glissa derrière mon dos.

— Mets-toi à l'aise. Je t'apporte le petit-déj'.

— Au lit ? demandai-je, surprise.

— Ouaip.

Il quitta la chambre pendant une dizaine de minutes avant de revenir avec un plateau, qu'il plaça au-dessus de mes jambes. Il contenait une assiette avec des œufs brouillés, du lard et deux morceaux de toast. Dans un petit verre se trouvaient deux roses roses dans un fond d'eau. Après avoir posé le plateau, il alla chercher un verre de jus d'orange et le posa sur la table de nuit.

Sous le choc, je restai bouche bée.

— Waouh !

— C'est aussi bon que ça en a l'air.

— Je suis juste… surprise.

— L'hôtel De La Volt est assez chic. Tu devrais y séjourner plus souvent.

— Tant que je peux manger le petit déjeuner au lit tous les jours…

— Tout ce que tu voudras, lâcha-t-il du tac au tac.

Je ramassai ma fourchette et me mis à manger en regardant les roses.

— Où les as-tu trouvées ?

— Dehors. Il y a un rosier sur le balcon.

Il se releva du lit et retourna de son côté. Il se glissa

sous la couverture et ramassa le livre qu'il était en train de lire. Il mit des lunettes noires et commença sa lecture.

— Tu portes des lunettes ? demandai-je en l'étudiant, avant de boire le jus.

Il se tourna vers moi en gardant le livre ouvert.

— Uniquement quand je lis. Parfois, j'ai du mal à voir quand c'est écrit trop petit.

Je l'ignorais. Étonnamment, il était très beau avec des lunettes. Encore plus beau, même. Elles faisaient ressortir la couleur de ses yeux et lui donnaient un air sage. Avec son corps musclé et ses hanches minces, les lunettes le rendaient encore plus sexy.

— Tu devrais les porter plus souvent.

— Pourquoi ? demanda-t-il sans interrompre sa lecture.

— Tu es mignon.

— Mignon ? répéta-t-il en souriant.

— Je veux dire que c'est sexy, sur toi.

— Ah oui ? demanda-t-il en souriant de plus belle. Ça te branche, les lunettes ?

Il ferma son livre et se tourna vers moi.

— Je ne dirais pas ça. Mais elles te vont bien. Je te faisais simplement un compliment.

— Eh bien, j'apprécie ce compliment. Tu m'as dit deux fois que j'étais sexy en cinq minutes. Je dois avoir une belle gueule, ce matin.

— Tu as toujours une belle gueule, dis-je en levant les yeux au ciel.

— Je commence à croire que tu en pinces pour moi.

Il rouvrit son livre et se concentra sur la page.

— Ouais, c'est ça.

Comme si ça allait arriver un jour.

— Eh bien, moi, je te trouve assez sexy. Et mignonne. Et marrante. Et belle. Et intelligente. La femme de mes rêves.

Il annonça ça très sérieusement, mais ses yeux ne quittèrent pas la page.

J'ignorais s'il plaisantait ou pas. Je ne le pensais pas sérieux : Volt n'éprouvait de tels sentiments pour personne. Mais c'était si étrange, venant de sa part.

— Je ne sais pas si tu blagues ou pas, dis-je en mordant dans mon toast.

— Je ne blague pas.

Je mâchai lentement et eus du mal à avaler tant ma gorge était sèche.

— Eh bien, si c'est une plaisanterie, je ne capte pas.

— Tu aimes le petit déjeuner ? demanda Volt en tournant sa page.

— C'est délicieux. Merci beaucoup.

— Je t'aurais bien préparé du café, mais ça ne ferait pas bon ménage avec l'alcool.

— Et j'ai déjà pris des antidouleurs. Je ne veux pas mourir aujourd'hui.

— Je préférerais éviter ça, moi aussi.

Je jetai un œil à son bouquin, mais ne pus déchiffrer le titre.

— Qu'est-ce que tu lis ?

— *Le Comte de Monte-Cristo.*

— C'est bien ?

— Un de mes livres préférés.

— Tu lis souvent ?

— Tous les soirs avant de dormir.

Épatant…

— Je ne lis pas autant que je le voudrais. Je ne trouve pas le temps.

— On trouve toujours du temps pour lire. Il suffit de le vouloir.

Sans doute préférais-je regarder la télé que lire avant de dormir. Je continuai à manger mon petit déjeuner jusqu'à ce que mon assiette soit propre. Les roses étaient fraîches et magnifiques. Je ne voulais pas les jeter car elles étaient pleines de vie, bien qu'elles aient été cueillies. Je posai le verre sur la table de chevet et le plateau par terre.

— Ça ne te dérange pas si je reste dormir un peu ?

— Non.

— Je ne suis pas un boulet ? Tu n'as pas de plans ?

Il leva les yeux, l'air très sérieux.

— Tu peux rester autant que tu veux. Il n'y a rien que je préférerais faire qu'être avec toi.

Il se repencha sur son livre et tourna la page.

Quelque chose avait changé dans l'air, mais je ne parvenais pas à mettre le doigt dessus. Trop épuisée et nauséeuse pour y réfléchir davantage, je me recouchai et fermai les yeux. C'est là que je me rendis compte que je ne portais qu'un t-shirt et une culotte. Je ne me souvenais pas d'avoir enfilé le t-shirt, ni d'avoir été le chercher.

— Tu m'as habillée, hier soir ?

— Non. Tu as enlevé ta robe, donc je t'ai refilé un t-shirt.

— J'ai enlevé ma robe comme ça ? demandai-je, incrédule.

Je devais être sacrément bourrée.

— Ne t'inquiète pas, je n'ai rien vu. Et je n'aurais pas regardé, de toute manière.

— Ah oui ?

Ce n'était pas du tout le Volt que je connaissais.

— J'aurais regardé si c'était une autre. Mais pas toi.

NOUS JOUÂMES aux dames dans le lit et je gagnai deux parties d'affilée.

— Je suis très douée à ce jeu.

J'étais toujours très compétitive quand je jouais. C'était dans ma nature.

— Ouaip.

Volt semblait s'ennuyer. Il ne jouait pas bien et ne prêtait pas attention au jeu.

— Tu es mauvais perdant ou quoi ?

— Ça ne t'est pas venu à l'esprit que je te laissais gagner ?

Toute ma fierté s'évapora.

— Tu ne ferais pas ça…

— Tu es sûre ? demanda-t-il avec un sourire narquois.

— Tu n'as aucune raison de me laisser gagner.

— Tu n'es pas dans ton assiette. Bien sûr que j'ai une raison.

Je plissai les yeux, méfiante.

— Je ne veux pas que tu me laisses gagner.

— D'accord…

Il plaça son coup suivant et me prit trois pions, avant de terminer la partie.

— J'ai gagné.

Un grognement s'échappa de mes lèvres.

— C'est qui, le mauvais perdant ?

Nous passâmes la journée à jouer à des jeux, à faire la sieste et à manger. Je passais beaucoup de temps avec Volt, mais nous n'avions jamais passé une journée comme celle-ci. C'était sympa, détendu, et j'appréciais traîner avec lui toute la journée, vêtue de son t-shirt et de son short. Il ne prit pas de douche et ne s'habilla pas. Et il porta ses lunettes toute la journée, même s'il ne lisait pas. Je me demandai si c'était à cause de mon compliment.

Volt s'assit à côté de moi sur le canapé et nous allumâmes la télé. Il était toujours torse nu, comme depuis le début de la journée. C'était devenu une distraction, et ce n'était pas peu dire. Parfois, je passais distraitement mes doigts sur son torse, juste pour tâter ses muscles.

— C'est le meilleur dimanche que j'aie passé depuis longtemps.

— Ouais. Encore mieux depuis que je n'ai plus la migraine.

Il gloussa et passa ses doigts dans mes cheveux.

— Peut-être que tu n'exagéreras pas autant la prochaine fois.

— Je n'ai pas bu tant que ça.

— Alors le barman devait te trouver mignonne, parce que tes verres étaient corsés.

— Le barman était une barmaid.

— Encore mieux, dit-il en souriant.

Je levai les yeux au ciel et me tournai vers la télé. En voyant commencer le dernier match de la journée, j'eus un éclair de lucidité.

— Oh merde ! On est dimanche !

— Ouais…, murmura-t-il, ses doigts s'immobilisant dans mes cheveux.

Comment avais-je pu oublier ?

— Je devais voir Sage aujourd'hui ! Putain, où est mon sac ?

Il laissa retomber sa main, et baissa les yeux en même temps.

— Sur le plan de travail, dans la cuisine.

Je bondis du canapé et me précipitai vers la cuisine. Je sortis mon téléphone et essayai d'allumer l'écran.

La batterie était morte.

Pas étonnant que je ne l'aie pas entendu sonner.

Je trouvai le chargeur de Volt et le branchai pour pouvoir allumer mon téléphone. Dès que l'écran s'illumina, je reçus plusieurs messages de Sage.

Toujours libre ce soir ?

Quelques heures plus tard, un nouveau message : *Tu as reçu mon message ?*

Puis encore : *Tout va bien ?*

Je me sentais si mal de l'avoir inquiété. J'avais traîné chez Volt toute la journée à ne rien faire. *Désolée pour la réponse tardive. Mon téléphone était éteint et je ne m'en suis pas rendu compte.*

Les trois points apparurent immédiatement sur l'écran, comme s'il avait attendu ma réponse toute la journée. *Je suis soulagé que tu ailles bien. J'étais un peu inquiet.*

Désolée de t'avoir stressé.

C'est bon. Tant que je peux te voir ce soir, tu es pardonnée.

Je souris. *C'est moi qui offre, cette fois.*

Alors je t'embrasserai.

Je souris de nouveau. *Ça marche.*

Je reposai mon téléphone et retournai vers le canapé.

— J'ai contacté Sage. Tout va bien.

Volt regardait la télé et ne se tourna pas vers moi.

— Volt ?

— Super, dit-il tout bas.

Je pensai détecter une trace d'hostilité dans l'air, mais je devais me tromper.

— Je vais devoir y aller. Je dois prendre une douche et me préparer pour ce soir.

— OK.

Je renfilai ma robe et mes talons et rassemblai mes affaires, puis m'approchai de la porte où Volt m'attendait.

— Merci de m'avoir laissée dormir chez toi.

— Aucun problème. Tu peux passer quand tu veux.

La joie que j'avais vue pétiller dans ses yeux quelques instants plus tôt avait disparu. À présent, il semblait vidé, comme s'il n'allait plus jamais trouver le bonheur.

— Quelque chose ne va pas ?

Un instant auparavant, nous regardions la télé en riant et en parlant du match, et voilà qu'il était réservé, distant.

— Non, répondit-il en ouvrant la porte et en m'encourageant à sortir. Amuse-toi bien à ton rencard.

— OK…, dis-je avant de sortir.

— Alors à plus.

Il referma la porte et la verrouilla immédiatement.

C'était un adieu étrange. Mais si Volt avait un problème, il me l'aurait dit. Peut-être était-il fatigué, ou avait-il la gueule de bois. Peut-être imaginais-je des choses qui n'existaient pas.

Donc je partis.

NOUS NOUS INSTALLÂMES face à face à la table du restaurant et nous discutâmes de travail et de musique tout en mangeant nos entrées. Je parlai à Sage de ma classe et du fait que l'année scolaire devenait plus facile à mesure que le temps passait – tout ça grâce à Volt.

Il me dévisageait très souvent. Il était si charmant et si beau que ça ne me dérangeait pas. C'était comme si j'étais la seule femme dans la salle.

— Alors, qu'est-ce qui s'est passé, avec ton téléphone ?

— Oh, ça !

Je ne me souvenais toujours pas très bien des évènements de la veille.

— La batterie est morte pendant la nuit ou ce matin, mais j'avais la gueule de bois, donc je n'y ai même pas pensé.

— On dirait que tu as passé une bonne soirée, dit-il en pouffant.

— Ouais. Mais je ne crois pas que je recommencerai à boire comme ça de sitôt.

— Tu as dormi toute la journée ?

— En grande partie. Je me suis réveillée quand Volt préparait le petit déjeuner, puis je me suis recouchée. Puis on a regardé le match et j'ai perdu la notion du temps.

Son lit était anormalement confortable. C'était comme dormir sur un duvet de laine. Son matelas était doux, et les draps étaient en satin. J'ignorais comment il faisait pour se lever tous les matins. À sa place, je resterais au lit toute la journée.

Sage était sur le point de piquer un morceau de poulet avec sa fourchette, mais il s'interrompit.

— Volt t'a préparé le petit déjeuner ?

— Ouais. J'étais étonnée qu'il sache cuisiner, moi aussi, gloussai-je en continuant à manger.

— Alors ça veut dire qu'il était chez toi ?

Sa fourchette était en l'air, et il avait abandonné sa nourriture. Il me regardait en attendant ma réponse. Ses pensées étaient un mystère derrière ses yeux noisette.

— Non, j'étais chez lui.

— Ce qui veut dire… que tu y as passé la nuit ?

Son ton de voix n'avait pas changé, mais ses yeux lançaient des éclairs d'accusation.

Je compris enfin sa réaction.

— Non, pas comme ça.

Il relâcha le souffle qu'il retenait.

— Enfin, j'ai dormi chez lui. Mais c'était parce qu'on avait trop bu hier soir et que j'étais bourrée. Il m'a portée jusqu'à son appart et m'a laissée dormir dans son lit. Le lendemain matin, il m'a aidée à me débarrasser de ma migraine. C'est tout.

Puisque Volt était mon meilleur ami, je ne trouvais pas ça étrange. Parfois, j'oubliais que notre amitié pouvait passer pour autre chose, aux yeux de ceux qui ne nous connaissaient pas.

— Ah… Et ça arrive souvent ?

La seule autre fois où ça s'était passé, c'était quand je lui avais sauté dessus.

— Non.

— OK.

Il retourna enfin à son assiette, mais il semblait

toujours mal à l'aise. Notre rendez-vous n'était plus aussi décontracté qu'un instant plus tôt. Une tension était apparue dans l'air.

Peut-être aurais-je dû garder tout ça pour moi.

Mais ce serait lui mentir.

J'espérais qu'il ne me demanderait pas si nous avions dormi dans le même lit. Je ne voulais pas lui mentir, mais ça me donnerait l'air d'une traînée.

— Volt et moi sommes très bons amis depuis un bon moment. On fait des tas de trucs ensemble.

Sage but une longue gorgée de vin.

— Vous êtes déjà sortis ensemble ?

— Non.

— Pas une seule fois ?

— Non. Volt n'est pas mon genre, et je ne suis pas le sien.

— Vraiment ? demanda-t-il en cessant de manger.

— Vraiment quoi ?

— Tu crois que tu n'es pas son genre ?

— Je le sais.

Il courait après des top-modèles aux mensurations ridicules. Il aimait les femmes qui portaient des robes moulantes de l'aube au coucher du soleil et qui étaient coiffées comme si elles sortaient de chez le coiffeur à chaque instant. Et il cherchait une relation vide de sens, sans sentiments.

Je me fichais de toutes ces choses. Évidemment, que je cherchais à prendre mon pied au lit… Mais je voulais prendre mon pied parce que j'aimais mon partenaire… pas parce que je pratiquais avec un homme différent toutes les nuits.

Sage me lança un regard que je ne lui avais encore jamais vu.

— Quoi ?

— Je ne sais pas si tu plaisantes ou pas.

Pourquoi plaisanterais-je ?

— Pardon ?

— C'est juste que…, dit-il avant de baisser les yeux vers son assiette. Laisse tomber.

— Quoi ? insistai-je.

— Oublie ce que j'ai dit.

Il se tourna vers le serveur et, d'un geste de la main, lui demanda l'addition.

Je n'avais même pas encore terminé mon dîner.

Avais-je tout foutu en l'air ?

Qu'avais-je dit ?

Était-ce terminé ?

SAGE ME RACCOMPAGNA JUSQU'À chez moi, les mains dans les poches.

— Eh bien, merci d'avoir dîné avec moi, dit-il en gardant ses distances, comme si nous étions collègues ou parents. À un de ces quatre.

Il me snobait !

— Sage, attends !

Il se retourna, l'air déçu.

— J'ignore ce que j'ai dit pour te repousser, mais je suis désolée. Parle-moi. Je ne veux pas que ça se termine entre nous.

Il se gratta la nuque et passa les doigts dans ses

cheveux.

— Tout allait bien au début de la soirée, puis ça s'est effondré. J'ai fait quelque chose de mal ?

— C'est que… je ne veux pas m'engager avec quelqu'un qui a déjà des sentiments pour une autre personne.

De quoi parlait-il ?

— Je ne comprends pas de quoi tu parles.

— Je sais qu'on n'est pas exclusifs ou quoi, donc je n'ai pas le droit de ressentir ça. Mais… cette histoire avec Volt a l'air assez sérieuse. Peut-être que si tu étais sortie comme ça avec quelqu'un d'autre, ça ne me dérangerait pas. Mais le fait que tu passes toute la nuit puis la journée avec lui sans même te rendre compte que ton téléphone est coupé… ça me met mal à l'aise.

Pourquoi lui avais-je parlé de Volt ? Mon honnêteté me revenait en pleine figure.

— Sage, je comprends ta réaction. Mais il ne se passe rien entre Volt et moi. Il n'est qu'un ami.

— Qui est amoureux de toi.

En entendant ses paroles, j'inspirai involontairement. Mes lèvres s'entrouvrirent et je poussai un cri. Mes yeux s'arrondirent comme des soucoupes. Son accusation était si risible que je n'arrivais pas à la digérer.

— Sage, c'est absurde.

— Tu es sûre ? pressa-t-il.

J'éclatai de rire : c'était ridicule.

— Crois-moi, Volt ne voit en moi qu'une chieuse et une bonne amie. Il se fout de moi tous les jours et couche avec tout ce qui bouge. Quand il m'a rencontrée, il m'a traitée de tarée. Je pense que je t'ai donné une fausse impression à cause de ce qui s'est passé hier soir. Mais je te jure qu'il ne s'est jamais rien passé entre nous.

— Ce n'est pas la seule chose qui me met mal à l'aise.

J'ignorais ce qui pouvait tant le déranger.

— OK…

— Je vois bien comment il te regarde.

Je levai les yeux au ciel.

— Volt se montre simplement protecteur. Après mon dernier copain, il veut éviter que je sois blessée à nouveau.

— Que s'est-il passé avec ton ex ?

Je n'avais aucune envie de lui en parler alors que nous commencions seulement à sortir ensemble. Ça allait tuer l'ambiance.

— Il m'a trompée.

— Je vois…, dit Sage, les yeux tristes.

— Volt était vraiment bouleversé et il a pris les choses en main…

Même si Drew l'avait mérité, j'aurais préféré que Volt s'abstienne de le tabasser.

— Et il s'inquiète pour moi. Il ne veut pas me voir souffrir. C'est tout.

Les épaules de Sage se détendirent. Son regard retrouva un peu de chaleur.

— J'imagine que je peux comprendre.

— Je suis désolée de t'avoir donné la mauvaise impression. Mais il n'y a rien entre nous. On s'aime, mais de manière platonique.

— OK. Je te crois.

J'avais sauvé notre rencard. J'avais été stupide de lui parler de Volt. Je ne referais plus cette erreur.

— Alors, tu es libre samedi prochain ? J'aimerais t'inviter… pour repartir du bon pied.

Il finit par sourire. Je pus voir sa joie s'étendre de ses lèvres à ses yeux.

— Avec plaisir.

— Super. Moi aussi.

Crise évitée.

TROIS

Volt

Clay commençait sur la partie réflexion critique de l'examen. Il devait lire un article et déterminer le ton et l'intention de l'auteur. Heureusement, nous avions travaillé la partie vocabulaire pendant longtemps. Sinon, il n'aurait pas compris une seule phrase.

Mon esprit était ailleurs pendant tout notre travail. Je ne cessais de penser à Taylor ; elle m'avait poignardé en plein cœur en quittant mon appart l'autre jour. Nous avions passé toute la journée du dimanche à traîner au lit et à regarder la télé sur le canapé. Elle avait même oublié son rencard jusqu'à la fin de la journée.

Et puis elle était partie.

Étais-je stupide d'avoir pensé qu'un dimanche passé ensemble voulait dire quelque chose ? Je lui avais préparé le petit déjeuner au lit comme je le ferais tous les jours, si elle devenait la femme aux côtés de qui je me réveillais. J'avais passé mes doigts dans ses cheveux et je lui avais parlé de mes sentiments pour elle.

Mais elle ne m'avait pas pris au sérieux.

En toute honnêteté, j'avais espéré qu'elle oublierait Sage.

Et en croyant avoir obtenu ce que je voulais, j'avais été aux anges. Mais, en moins de temps qu'il n'en fallait pour le dire, elle m'avait coupé l'herbe sous le pied.

Elle ne voulait pas rester avec moi.

Elle voulait rester avec un autre.

— Volt ?

— Hein ? fis-je en me retournant vers Clay.

J'ignorais depuis combien de temps il m'appelait.

— Ça fait bien une minute que j'essaye d'attirer ton attention.

— Eh bien, tu l'as, maintenant. Qu'est-ce qui se passe ?

Je passai ma main sur ma tempe. J'avais la migraine, mais elle semblait venir de mon cœur plutôt que de mon crâne.

Clay m'étudia, maintenant le coin de la page qu'il était sur le point de tourner. Il marqua la page avec le stylo bleu que je lui avais donné, soulignant les parties sur lesquelles il hésitait, ainsi que les points clés qu'il devait retenir pour répondre aux questions.

Voyant qu'il restait muet, je repris la parole.

— Quelle est ta question ?

Au fil des semaines passées à travailler avec moi, il avait mis de côté son impertinence et s'était ouvert à moi. Au lieu de surveiller mes moindres gestes parce qu'il ne me faisait pas confiance, il avait baissé sa garde et pouvait souffler en ma présence. Il était complètement différent.

— On dirait que quelque chose te dérange. C'est à cause de moi ?

La vulnérabilité que je perçus dans sa voix me terrassa. Il ne la montrait pas souvent.

— Non, pas du tout, Clay.

Ce gamin était devenu une part essentielle de ma vie. Quand je n'étais pas avec lui, je m'inquiétais pour lui ; surtout le week-end. Je me demandais si son père le traitait bien. Je lui donnais toujours un peu d'argent le vendredi pour qu'il passe le week-end, en espérant que ça suffirait. Je me souciais plus de lui qu'il n'était bon pour moi. C'était le genre d'inquiétude qui me rongeait.

— Quelque chose me pèse.

— Tu veux en parler ?

— Non, ce n'est pas grave.

Je n'allais pas parler de ma vie amoureuse à un ado de seize ans.

— Oh… Je pensais qu'on était amis.

— On est amis, repris-je vivement.

— Eh bien, je te dis des choses… Mais tu ne me racontes jamais rien.

Il baissa les yeux vers sa page et ramassa son stylo.

Il avait raison. La confiance allait dans les deux sens. Et je soupçonnais qu'il n'avait pas d'autre ami que moi.

— C'est au sujet d'unc fille.

Il leva les yeux, intéressé.

— Je… J'en pince pour elle, mais elle ne me remarque même pas.

— J'ai déjà connu ça.

— Je ne sais pas quoi faire.

— Comment fait-elle pour ne pas te remarquer ? s'enquit-il en riant. Tu es beau et friqué. Qu'est-ce qu'elle pourrait vouloir de plus ?

— Tu me fais des compliments ? demandai-je en souriant.

— Ah… merde. Oui.

— Hé ! Qu'est-ce qu'on a dit à propos des jurons ?

Il leva les yeux au ciel.

— L'apparence et la fortune ne comptent pas aux yeux des femmes.

— N'importe quoi !

— Bon, elles ne comptent pas aux yeux de *cette* femme.

Taylor se souciait plus de la beauté intérieure que de tout le reste, et elle me faisait défaut. Elle n'avait vu que mon côté obscur, l'homme brisé dont le cœur avait été arraché. J'étais devenu froid, réservé, et elle ne connaissait que cet homme-là. Si nous nous étions rencontrés avant toute cette histoire, les choses auraient été différentes. Très différentes.

— Qu'est-ce qu'elle veut, cette femme ?

— Un mec bien.

En gros.

— Mais tu es un mec bien.

— Pas vraiment.

J'étais égoïste et superficiel. J'étais le premier à reconnaître mes défauts. Taylor était trop bien pour moi, et je le savais.

— Moi je pense que si, insista Clay. Personne ne m'a jamais prêté attention… Pas en bien, du moins. Mais tu m'aides tous les jours après l'école et tu me donnes à manger. Personne ne se soucie de moi, à part toi.

Ses paroles étaient à la fois belles et tristes.

— Clay, ce n'est pas vrai.

— Bien sûr que si, murmura-t-il. Tu le sais aussi bien que moi.

Il reporta son attention sur la page et évita mon regard.

— Tes professeurs se soucient de toi.

— Ils me détestent. Je ne suis qu'un pauvre gosse pénible qui reste au fond de la classe.

— Et ton père…

— Il ne m'utilise que pour recevoir les allocations du gouvernement. Et il dépense le fric pour se payer de la drogue et de l'alcool. Il se fiche bien que je vive ou que je meure.

J'étais déconcerté par ce gamin. Il était dans mon bureau, s'éreintant pour mériter une vie meilleure. Ayant entendu tout ça, j'ignorais où il trouvait sa motivation.

— Je suis sûr que tu as des amis qui se soucient de toi.

— Je suis tout seul, dit-il en secouant la tête.

Et j'étais en train de me plaindre de ne pas pouvoir être avec la femme de mes rêves, alors que Clay se battait tous les jours pour survivre. Je ne savais rien de la misère. Pas comme lui.

— Tu n'es plus tout seul, Clay. Tu m'as, moi.

CLAY RÉCUPÉRA son vélo rouillé sur le râtelier et je l'accompagnai sur le trottoir.

— Et si on t'achetait un nouveau vélo ?

Celui-là ne durerait pas bien longtemps. Il était vieux

et en mauvais état. La chaîne déraillait toutes les deux secondes.

— Non, ça ira.

— Ça ne me dérange pas, Clay.

— Si je rentre avec un nouveau vélo, mon père se demandera d'où je l'ai sorti. Vaut mieux pas.

Son père ne voulait pas que son fils ait un vélo neuf ? Je ne comprendrais jamais ce genre de parents. J'en avais déjà entendu parler, mais jamais je n'avais été impliqué de près dans une telle histoire.

— Si jamais tu changes d'avis, dis-le-moi.

— C'est mieux d'avoir des trucs pourris, de toute manière. Je ne m'inquiète pas que quelqu'un les vole. Quand on n'a rien, les gens nous foutent la paix.

Une Aston Martin était stationnée dans mon garage en ce moment même. C'était une voiture de luxe que je conduisais rarement, mais j'avais assez de moyens pour m'offrir des choses dont je n'avais même pas besoin.

Maintenant, je détestais cette voiture.

Et je me détestais de la posséder.

— Tu veux aller manger un bout ?

Je n'avais pas eu le temps d'achcter à manger avant notre séance d'étude.

Il haussa les épaules. Il ne me demandait jamais rien, même si j'avais été clair sur le fait que je lui achèterais tout ce qu'il voulait.

— Mega Shake, ça te dirait ?

Le restaurant était situé au prochain carrefour.

— Cool, dit-il. J'adore ce restau.

Son pas se mua en sautillement quand il sut qu'il allait manger.

Et ça me rendit triste.

— Volt ?

J'aurais reconnu cette voix n'importe où. Je l'entendais dans mes rêves et, quand j'étais éveillé, elle résonnait dans mon esprit.

Je me retournai et vis Taylor debout sur le trottoir. Elle portait son grand sac sur l'épaule et une robe bleu clair, avec un cardigan rose. Ses vêtements étaient toujours trop amples et ne mettaient pas en valeur les courbes de sa silhouette. Parfois, je me demandais si elle cherchait à les cacher volontairement.

Ses cheveux étaient ramenés sur une épaule, comme toujours. Elle avait un grand sourire aux lèvres, qui formait de petites rides autour de ses yeux. Devant moi se trouvait la femme que je désirais mais ne pouvais avoir. Je n'avais pas tiré mon coup depuis si longtemps que je me souvenais à peine de la dernière fois. J'avais le droit de sortir et de ramener une beauté dans mon lit, mais je ne voulais personne d'autre.

Il n'y avait qu'elle.

Elle s'approcha de moi, tout sourire.

Émerveillé par sa présence, j'en oubliai où j'étais et ce que je faisais. Quand je la regardais, je me figeais sur place. J'étais incapable de différencier la réalité de la fiction. Elle me rendait nerveux et mal à l'aise.

Elle me transformait en un tout autre homme.

— Ça va ? demanda-t-elle en s'arrêtant à moins d'un mètre de moi.

Je sortis de mon rêve éveillé et m'éclaircis la gorge.

— Désolé, le soleil était à un angle bizarre… Je ne te voyais pas.

Le soleil était derrière moi, mais je devais bien inventer quelque chose.

— Qu'est-ce que tu fais de beau ? demanda-t-elle sans contester.

— Heu…

En fait, je n'arrivais même pas à m'en souvenir.

Clay gloussa derrière moi. C'est à ce moment-là que je revins à la réalité.

— Clay et moi, on allait justement manger.

Clay pouffa à nouveau, m'indiquant que j'agissais comme un idiot.

— Ouais. On allait manger à Mega Shake. Vous voulez venir ?

Il détestait tous les adultes. Je savais donc qu'il comprenait qui était Taylor.

Taylor se tourna vers lui. L'affection qu'elle me portait sembla se démultiplier pour lui.

— J'ai beaucoup entendu parler de toi, Clay. C'est un plaisir de te rencontrer, dit-elle en serrant sa main.

— Vous avez entendu dire que j'étais très intelligent et beau comme un dieu ? demanda-t-il en souriant.

— Oui, s'esclaffa Taylor. C'est exactement ce que j'ai entendu dire.

— J'enseigne à Volt comment user de ses charmes – quand je trouve le temps.

Il était assis sur sa selle, son sac à dos pendu à une épaule.

— C'est très sympa de ta part.

Taylor semblait déjà éprise de lui, comme elle l'était de tous ses élèves.

J'étais soulagé que Clay soit là, car je n'étais plus le centre de l'attention.

— Allons manger quelque chose, dit Clay en orientant son vélo vers le restaurant. Je suis affamé.

— Bonne idée.

Taylor lui emboîta le pas et marcha à ma hauteur.

Je glissai les mains dans les poches. Je ne me sentais pas à ma place, si proche d'elle. D'ici, je pouvais sentir les effluves de vanille et d'orange qui émanaient de ses cheveux. Je pouvais sentir la brise qu'elle dégageait à chaque pas. J'étais conscient de tous ses faits et gestes, même quand elle ne faisait qu'inspirer.

Je n'arrivais plus à me souvenir d'un temps où je ne ressentais pas ça.

Nous entrâmes dans le restaurant et commandâmes à manger avant de prendre place dans un box. Taylor s'assit à côté de moi, Clay en face de nous. Il ne cessait de regarder Taylor, tout aussi intéressé par elle que moi.

— Comment vous gagnez votre argent ? demanda Clay en mâchant une poignée de frites.

— Comment je gagne mon argent ? demanda Taylor, perplexe.

— Ouais, renchérit Clay. C'est quoi votre métier ?

— Je suis professeur, répondit Taylor. À la Bristol Academy.

— Bande de BCBG..., fit Clay avec une grimace.

— Clay, ne sois pas grossier, le réprimandai-je.

— Je ne suis pas grossier, se défendit Clay. Les élèves d'écoles privées sont BCBG. Tout le monde le sait.

Au lieu de s'offusquer, Taylor continua la conversation.

— Les élèves d'écoles privées ne sont pas différents de toi.

— Ouais, c'est ça. Ce sont des gosses riches et intelligents.

— Tu es intelligent aussi.

— Faux, rétorqua Clay.

— Ce n'est pas ce que dit Volt, dit-elle en souriant à Clay.

La conversation commençait à me mettre plus à l'aise et, sans réfléchir, je posai mon bras sur le dossier de sa chaise, effleurant la nuque de Taylor.

Je réalisai mon erreur, mais il était trop tard pour la réparer. Au moins, elle n'avait rien remarqué.

— Ah bon ? demanda Clay en posant ses yeux sur moi.

— Que veux-tu, dis-je en haussant les épaules. Je parle beaucoup de toi.

— En mal ? demanda Clay.

— Uniquement en bien, répondit Taylor. Il tient beaucoup à toi.

Elle trempa ses frites dans le ketchup puis les mit dans sa bouche.

Je donnerais tout pour être une de ces frites.

Clay lui posa d'autres questions sur l'école où elle enseignait, et la conversation se tourna vers le SAT. Ils s'entendaient bien, bien mieux qu'avec moi lors de notre première rencontre. Taylor avait une aura naturelle qui mettait les gens à l'aise. Peut-être était-ce un instinct maternel. Ou sa manière de parler. Je l'ignorais.

Peut-être nous envoûtait-elle tous.

Clay termina de manger et repoussa son plateau.

— Je ferais mieux de rentrer. Merci pour le dîner, Volt.

Il me remerciait toujours. C'était une chose que je n'avais pas eu besoin de lui apprendre. Il était fier et têtu, mais également reconnaissant. C'était à ça que je savais qu'il était un bon garçon, sous la façade du gamin des rues.

— De rien, Clay.

— C'était sympa de vous rencontrer, madame.

Il lui fit un clin d'œil avant de sortir. Quand il fut hors de notre vue, Taylor se tourna vers moi.

— Il est adorable.

— Mais ne le lui dis pas.

Il n'apprécierait pas du tout d'être décrit comme ça.

— Je comprends pourquoi tu es déterminé à l'aider.

— C'est un bon petit qui est dans une mauvaise situation.

— Je vois ce que tu veux dire.

Elle termina son assiette puis me piqua quelques frites.

Si quelqu'un d'autre s'était servi dans mon assiette, ça m'aurait énervé. Mais cette femme pouvait faire tout ce qu'elle voulait. Et elle le faisait.

— Tu as vu des bleus ?

— Pas récemment.

— Ah, soupira-t-elle de soulagement. Je suis contente que quelqu'un le surveille.

J'étais triste d'être le seul.

— Tout le monde a besoin de quelqu'un. Et je suis son quelqu'un.

— Tu sais quoi ? demanda-t-elle en se tournant vers

moi, m'aspirant dans ses yeux bleus. Tu es mon quelqu'un.

— C'est vrai ?

Nous étions assis l'un contre l'autre dans le box, suffisamment près pour que je l'embrasse si j'en avais les couilles. Je l'avais embrassée l'autre nuit et je l'avais sentie me rendre mon baiser. Pourquoi ne pourrions-nous pas recommencer ? Pourquoi ne pourrions-nous pas nous embrasser tout le temps ? Le restant de nos vies ?

Merde, j'étais dans de beaux draps.

— Oui, répondit-elle. Tu es mon quelqu'un. Tu sais, la personne vers qui je peux me tourner, et qui sera toujours là pour moi.

— Et tu es mon quelqu'un.

La seule et l'unique.

— Heureusement qu'on est là l'un pour l'autre.

Elle se pencha sur mon plateau et mangea quelques frites.

Pourquoi pouvions-nous avoir ces conversations, mais rien de plus ? Comment pouvait-elle rester assise aussi près de moi et ne pas ressentir ce que je ressentais ? Comment ses sentiments s'étaient-ils volatilisés ? Comment pouvait-elle sortir avec un autre ?

Je voulais lui parler de Sage, mais je ne voulais pas entendre ses réponses. Ce que je voulais vraiment, c'était qu'elle me dise qu'ils ne se fréquentaient plus. Ce serait la meilleure nouvelle que j'avais entendue depuis longtemps.

— Comment s'est passé ton rencard ?

— C'était OK.

OK ? OK n'était pas bien. Sa réponse m'exalta malgré moi.

— Il s'est passé quelque chose ?

— On s'est disputés à cause d'une bêtise…

— Quelle bêtise ?

Elle balaya ma question de la main.

— Rien d'important. Mais on se revoit samedi.

Pouah ! Quel allumeur.

— Tu as couché avec lui ?

Qu'est-ce qui n'allait pas chez moi ?

Pourquoi posais-je des questions dont je ne voulais pas entendre les réponses ?

Pourquoi me torturais-je ainsi ?

— Non, répondit-elle. La dernière fois, il voulait entrer, mais je ne voulais pas précipiter les choses. On n'est sortis ensemble que quelques fois. J'ai été trop vite avec Drew, et regarde ce qui s'est passé.

— Tu as raison, dis-je en saisissant la balle au bond. Tu devrais prendre ton temps. Tout ton temps. Peut-être que tu devrais attendre le mariage.

Elle éclata de rire, pensant que je plaisantais.

— Pourquoi pas utiliser une ceinture de chasteté ?

— Encore mieux. Porte-la à tout moment, juste au cas où.

Elle se plia de rire.

— Je la cacherai sous mes vêtements et même sous mon bikini. Les gens trouveront ça tout à fait normal.

— Je pense que c'est la meilleure idée que tu aies eue.

… Tant qu'elle me donnait la clé pour l'ouvrir.

Son rire s'apaisa.

— Qu'est-ce que tu fais, ces derniers temps ?

— Pas grand-chose.

À part détester ma vie.

— Pas de nouvelle conquête ?

— Non.

— Ça doit être un record pour toi. Ça fait combien de temps ? Des semaines ?

— Un mois, je dirais.

Je me branlais souvent – surtout en pensant à la nuit où nous avions failli le faire.

— Et tu es sûr que tout va bien ? demanda-t-elle, croisant les jambes en me regardant dans les yeux.

— Ouais… Je ne suis pas d'humeur, c'est tout.

— Tu as souvent des phases d'abstinence ?

Jamais.

— Ça m'arrive.

— Bon, au moins, tu prendras vraiment ton pied quand tu t'y remettras.

L'idée de tirer mon coup avec une autre femme qu'elle ne m'excitait pas du tout. Ce serait une autre nuit sans lendemain, avec une femme au hasard. Quand j'embrassais Taylor, j'étais plus excité que quand je m'envoyais en l'air avec une conquête d'un soir. C'était plein de passion et de désir. Et torride à en crever.

Voilà ce que je voulais.

— Et comment ça se passe en classe ?

— Bien, répondit-elle. Je vais bientôt leur faire passer un examen. Mais cette fois, je le ferai à ma manière.

— Fais très attention à ça.

— Le dernier examen était trop facile. Ils doivent être plus stimulés.

— Et tes sorties pédagogiques ?

J'étais simplement soulagé de ne plus parler de ma vie sexuelle. Quand je pensais au sexe, je pensais à elle. Et elle me faisait bander, ce qui serait difficile à cacher si elle y regardait de trop près.

— Je n'en ai pas encore organisé.

— C'est presque la fin du semestre, et tu n'as pas encore fait de sortie ?

J'étais sûr que ça allait fâcher certains parents.

— Je n'ai pas trouvé le temps.

— Tu dois le trouver, maintenant.

— Je ne sais pas… Je vais devoir trouver des accompagnateurs…

— Je serai ton accompagnateur. Tu n'as que douze élèves, donc deux adultes devraient suffire.

— C'est vrai ? Et ils ne trouveront pas ça bizarre qu'un mec se porte volontaire pour leur sortie scolaire ?

Je n'étais pas un simple mec.

— Ce ne sera pas un problème. Souviens-toi que j'étais prof, avant.

— Oh ouais, s'exclama-t-elle en se giflant le front. J'oublie, parfois.

— Organisons ça. Et si on allait au planétarium ?

— Ooh… bonne idée.

Nous serions assis ensemble dans le noir. Je pourrais toucher sa main – un geste innocent – et l'imaginer toucher la mienne. Si nous passions du bon temps tous les deux sous les étoiles, peut-être me verrait-elle autrement.

Peut-être oublierait-elle Sage.

– SALUT, mon chou. Comment ça va ? demanda ma mère au bout du fil.

J'étais assis à mon bureau, au travail.

— Très bien, et toi ?

— Super. Je vais fermer la boutique à la fin de la semaine prochaine, pour les fêtes de Thanksgiving. Je n'arrête pas de demander à ton père de m'emmener à Paris, mais il ne veut pas céder…

— Il changera d'avis, maman.

Je posai mes pieds sur mon bureau et fermai les yeux, voulant déjà mettre un terme à cette conversation. J'étais sûr que le sujet de ma vie amoureuse allait suivre – il suivait toujours.

— Est-ce que tu nous accompagnes ce week-end ?

— Ce week-end ?

Les accompagner où ?

— Au mariage de Suzie. Tu as oublié ?

J'avais complètement oublié. Je me souciais peu des mariages. Les mariages familiaux n'étaient pas mon truc – je ne pouvais jamais être moi-même.

— Plus maintenant.

— Eh bien, la fille de Paul sera de la fête. Elle est assise à notre table.

Oh non. Mes parents allaient me présenter à un autre beau parti. Elles étaient pires que tout. La plupart étaient des débutantes ultra-conservatrices, ce qui n'était pas du tout mon genre.

— Volt ?

Je pouvais échapper à ce rendez-vous arrangé en n'allant pas au mariage. Mais j'aurais l'air d'un crétin puisque j'avais déjà confirmé ma venue. La seule autre alternative était de venir accompagné.

Taylor.

Une ampoule s'alluma dans mon cerveau et je me laissai porter par l'idée.

— Je viens déjà avec quelqu'un.

Taylor m'accompagnerait si je le lui demandais. Elle adorait la nourriture, les gens et la danse. Un mariage serait parfait pour elle. Et elle était la seule avec qui je voulais passer la soirée.

Ma mère étouffa un cri avant de s'exclamer :

— Tu viens avec quelqu'un ?

Sa voix était amplifiée par l'excitation ; elle pétillait comme une bouteille de champagne.

— Volt, c'est merveilleux. Je me réjouis de la rencontrer. Je suis sûre qu'elle est incroyable.

Elle l'était.

— Parle-moi d'elle.

— Elle s'appelle Taylor.

— Ooh… Quel beau prénom. Vous sortez ensemble depuis longtemps ?

— Nous sommes juste amis, maman.

— Oui, c'est ça.

Je pouvais carrément l'entendre lever les yeux au ciel dans le combiné.

— Ton père et moi, on ne la fera pas fuir.

Vous n'avez pas intérêt.

— Alors à samedi.

— Super. Je me réjouis de te voir, bébé.

Ma mère m'appelait encore bébé. Qu'étais-je censé faire ? Lui demander d'arrêter ? C'était ma mère. Je ne pouvais pas faire ça.

— Je me réjouis aussi.

— Je t'aime, bébé.

Et encore.

— Moi aussi.

CLAY N'OUVRIT PAS son manuel comme il le faisait d'habitude. Il s'affala sur la chaise en face de moi et me lança un regard malicieux. Il avait une idée derrière la tête, et je doutais qu'elle me plaise.

— Quoi ? demandai-je.

— Volt et Taylor sont assis dans un arbre… Il s'embra-ss-ent…

— Tu as cinq ans ou quoi ?

— Tu agis comme un loser avec elle.

Si Clay l'avait remarqué, alors elle aussi. Et c'était mortifiant. J'étais doué de charme et de talent pour attirer les femmes dans mes filets, mais tous mes tours s'étaient évanouis quand Taylor avait volé mon cœur. Je ne savais même plus comment la saluer correctement.

— Je reconnais que je suis un peu pataud.

— Un peu pataud ? s'esclaffa Clay. On dirait un bouffon de la cour, quand tu lui fais les yeux doux.

— Je sais.

Inutile qu'il se répète.

— Comment fait-elle pour ne pas le remarquer ?

— Je ne sais…, fis-je avant de m'interrompre, soudain plein d'espoir. Tu crois qu'elle ne l'a pas remarqué ?

— Nan. Complètement aveugle.

Les observations d'un ado de seize ans me rassuraient-elles vraiment ?

— Quel soulagement.

— Pourquoi tu ne l'invites pas à sortir ?

— Parce que…

— Parce que quoi ? insista-t-il.

— Elle ne me voit pas comme ça. À ses yeux, je ne suis qu'un ami.

— Et tu ne crois pas que si tu l'invitais à sortir, elle te verrait autrement ?

— Mais elle refusera, et ce sera la poisse.

Clay me regardait comme s'il ne me comprenait pas du tout.

— Je ne pige pas. Je pensais que les vrais hommes n'avaient peur de rien.

— C'est vrai, mais… c'est compliqué.

— Compliqué comment ?

— Parce que c'est ma meilleure amie. Si je tente ma chance, ça pourrait changer notre amitié.

— Je n'ai pas beaucoup d'amis, fit-il remarquer. Mais j'ai toujours cru que quand on était amis, on le restait quoi qu'il arrive.

— Eh bien… ouais.

— Alors tente ta chance. Elle est canon.

Ça, ce n'était pas peu dire.

— Je sais. Mais elle sort déjà avec quelqu'un.

— Oh… Elle a un petit ami ?

— Pas un petit ami. Ce n'est pas très sérieux – enfin, pas encore.

— Alors tu pourrais tenter le coup.

Clay était trop jeune pour comprendre.

— Si je tentais le coup, j'aurais l'air d'un trou du cul.

— Hé, surveille ton langage !

Je gloussai et me rendis compte qu'il m'avait bien eu.

— Mais je ne vois pas pourquoi ça ferait de toi un trouduc. Et oui, je peux jurer puisque tu viens de jurer.

Son argument tenait la route, donc je laissai couler.

— Parce qu'on dirait qu'il lui plaît vraiment. Et si c'est ce qu'elle ressent, ce serait lui manquer de respect si je m'immisçais entre eux et que je gâchais quelque chose qu'elle veut vraiment.

Clay me décocha un regard vide.

— Je ne peux pas lui faire ça.

— Mais tu l'aimes, pas vrai ?

L'amour était un mot puissant, et je n'étais pas encore prêt à le prononcer. J'hésitais quant à mes sentiments.

— Je ne veux être qu'avec elle. Je n'ai plus ressenti ça depuis… très longtemps.

— Depuis quand ?

J'ignorais pourquoi je racontais tout ceci à Clay. Il était mon élève mais aussi… plus que ça. Je ne le considérais pas comme un ami. J'imagine qu'il était plutôt comme… un fils.

— J'étais avec une fille pendant un temps et j'allais la demander en mariage. Mais j'ai appris qu'elle m'avait trompé.

— Ça craint.

— Ouais, ça craint.

Ç'avait été brutal.

— Et tu es célibataire depuis ?

— Ouais. J'ai du mal à me fier aux autres.

— Et tu lui fais confiance ?

Je me fiais à elle plus qu'à quiconque sur cette planète.

— Elle ne me ferait jamais de mal.

— Alors tu dois agir – peu importe qu'elle sorte avec un autre.

— Mais elle ne ressent pas la même chose. Ça la mettrait mal à l'aise, ça mettrait notre amitié en péril et ça gâcherait sa relation avec ce type.

— Mais si tu lui parlais de ce que tu ressens, peut-être qu'elle ressentirait quelque chose pour toi.

Ou peut-être pas.

— Je vais attendre et voir. Si elle rompt avec ce mec, je tenterai ma chance.

— T'as intérêt. Arrête de faire la femmelette.

— Hé ! Attention à ce que tu dis.

Clay ne regrettait visiblement pas ses paroles.

— Parfois, quelqu'un doit bien te donner un coup de pied au…

— N'ajoute rien.

— Derrière, termina-t-il en levant les yeux au ciel. Et tu en as clairement besoin.

JE COMPOSAI un message à Taylor tout en marchant. *Bébé, tu es occupée ?* Je grondai intérieurement en voyant ce que j'avais tapé et effaçai le surnom. *Tu es occupée ?*

Je viens de rentrer. Qu'est-ce qu'il y a ?

Je peux passer ? J'étais déjà devant son immeuble.

Si tu veux. Je vais faire cuire du pop-corn au micro-ondes.

Bonne idée, bébé. Pouah ! voilà que je recommençais. *Bonne idée.*

À dans quelques minutes.

Je pris l'ascenseur jusqu'à son étage et toquai. Mon

cœur cognait contre mes côtes et je tentai de contrôler ma langue. Taylor me faisait des choses étranges. Elle me faisait *ressentir* des choses étranges.

Elle ouvrit la porte, toujours vêtue de sa tenue de travail. Elle portait une longue robe avec des zèbres et un legging. Une écharpe noire était nouée autour de son cou pour le protéger du froid automnal.

— Salut. Le pop-corn est bientôt prêt.

— Alors j'arrive juste à temps. Comment s'est passée ta journée ?

J'entrai et me retins de la prendre dans mes bras.

— Très bien, répondit-elle en ouvrant le sachet, avant de s'affaler sur le canapé. Clay est vraiment extra.

— Oui, hein ?

Je m'assis à côté d'elle et glissai ma main dans le sachet.

Elle lança quelques grains de pop-corn en l'air et les rattrapa dans sa bouche.

— Ça se voit qu'il a des ressources. Il a simplement été mal éduqué.

— Tu as tapé dans le mille.

Clay était plus mûr que les ados de son âge. Il comprenait comment le monde fonctionnait et ce qu'il devait faire pour survivre. La plupart des enfants ne comprenaient pas ce genre de pression. Leur motivation provenait de leurs désirs, pas de la faim.

— Il t'adore. Ça se voit.

— Ouais…

Nous partagions un lien. Je savais qu'il m'admirait beaucoup. Et surtout, qu'il me faisait confiance.

— Il a de la chance de t'avoir.

Elle passa son bras sous le mien et me serra la main.

Ce simple geste me donna des bouffées de chaleur.

J'adorais qu'elle me touche.

— Merci.

Elle se retourna vers le sachet, mâchant le pop-corn croustillant dans sa petite bouche.

— Hé, je me demandais si tu pouvais me rendre un service.

— Bien sûr. Tout ce que tu veux. Je suis là pour toi.

Elle me donnait toute son attention, tout en continuant à grignoter. Chez elle, manger du pop-corn était sexy.

— J'ai un mariage ce samedi, et j'aimerais que tu m'accompagnes.

— Un mariage ?

— Ma cousine se marie.

— Oh…

Au lieu d'accepter tout de suite, elle sembla hésiter.

— J'ai parlé à ma mère aujourd'hui, et elle a l'intention de me caser avec une amie de la famille… Donc je lui ai dit que j'amenais quelqu'un pour éviter ça.

J'espérais ne pas avoir été trop insistant. Les rendez-vous arrangés de mes parents étaient pires que tout.

— Elle essaye de te caser avec quelqu'un ? demanda Taylor, surprise.

— Ma mère veut absolument que je me marie.

— Waouh ! gloussa-t-elle. Brutal.

— Alors, tu veux bien m'accompagner ?

Je t'en prie…

— Heu…, fit-elle en se détournant, l'air distrait.

— Tu n'es pas obligée si tu ne veux pas. Franchement,

je ne veux pas te mettre la pression. Je pourrais inviter quelqu'un d'autre. Ce n'est pas un souci.

— Qui inviterais-tu ?

Je ne voulais inviter personne d'autre. Sans elle, je préférais y aller seul.

— Je ne sais pas encore. Une de mes habituées.

— Mais elle ne va pas penser que tu sors avec elle sérieusement ? Puisque tu lui présentes ta famille ?

— Heu… j'espère que non.

— Non, je veux bien venir.

Dieu merci.

— Tu es sûre ?

— Ouais.

— Tu n'as pas d'autres plans ?

Mais quel crétin…

— Non. J'adorerais t'accompagner, dit-elle en se réadossant contre le dossier du canapé. Mais je vais devoir aller faire du shopping.

— Pourquoi faire ?

— M'acheter quelque chose à porter.

— Tu as déjà des tas de trucs.

— Mais je n'ai pas beaucoup de belles robes – du genre à porter à un mariage.

— Qu'est-ce qui ne va pas avec tes tenues de tous les jours ?

— Tu étais le premier à t'en moquer !

À présent, je ne comprenais pas pourquoi je l'avais taquinée à ce sujet. Elle était si belle dans tout ce qu'elle portait. Le genre de beauté qui pétillait, naturelle. Quoi qu'elle porte, quelle que soit sa coiffure ou son maquillage, elle était parfaite.

— J'étais un crétin, Taylor. Tu es belle dans tout ce que tu portes. Franchement.

— Ooh, sourit-elle. Tu m'as fait un compliment.

Je la complimenterais le restant de sa vie – si elle devenait mienne.

— Je le pensais vraiment.

QUATRE

Taylor

Je redoutais vraiment ça.

Plus que tout.

Je passai l'appel et écoutai le téléphone sonner.

— Ne décroche pas... Ne décroche pas…

Mais, évidemment, il décrocha.

— Salut, dit Sage au bout du fil. Quoi de neuf ?

— Pas grand-chose. Et toi ?

Je me mis à arpenter mon appartement, sentant mon cœur battre la chamade.

—Je rentre du sport. Entendre ta voix est une belle récompense après m'être entraîné si dur.

J'étais trop nerveuse pour sourire.

—J'aurais adoré voir ça.

Il gloussa, avant de reprendre, de sa voix grave et hypnotique :

— Tu as des plans ce soir ?

— Non. Je suis libre. J'espérais pouvoir te voir.

— Ouais, volontiers. Deux soirs de suite, ça me plaît.

Et voilà…

— Eh bien, en fait, je dois annuler demain…

Je savais que ça allait péter. Je pouvais le sentir. Entre Sage et moi, ce n'était pas encore sérieux, et notre relation était déjà tendue.

— Ah. Tout va bien ?

— Ouais. J'ai promis à Volt que je l'accompagnerais à un mariage il y a plus de six semaines, et j'ai complètement oublié.

Un petit mensonge de rien du tout ne ferait de mal à personne, pas vrai ?

— Sa mère n'arrête pas de le brancher avec n'importe qui, et il pense qu'elle se calmera s'il amène quelqu'un.

Silence.

Il était furax. Je le savais.

— Bon, si tu t'es engagée, tu t'es engagée, pas vrai ? soupira Sage.

Vraiment ? Il n'était pas fâché ?

— Ouais, je ne peux pas lui poser un lapin.

— Je suis libre ce soir, donc ce n'est pas grave. Tu veux aller dîner ?

— Absolument.

Ça s'était résolu bien plus facilement que je l'avais pensé.

— Laisse-moi juste le temps de prendre une douche.

— Ooh… Je peux voir ?

— J'adorerais ça, pouffa-t-il.

– OÙ EST CE MARIAGE ? demanda Sage en buvant sa bière, assis en face de moi.

— Hum… Je n'en suis pas sûre. Dans le Connecticut, je pense ?

— Tu ne sais pas ? demanda-t-il, espiègle.

— Tout ce qu'on m'a dit, c'était que la bouffe était gratuite et que c'était un open-bar.

Je n'avais pas du tout entendu dire ça, mais j'espérais que c'était vrai. Je tenais mon verre de vin dans mon poing serré.

— C'est souvent le cas lors des mariages… c'est obligé s'ils veulent avoir des invités.

— Eh bien, j'aime bien les mariages. C'est marrant, les gens sont de bonne humeur...

— Et Volt ne peut pas se trouver un rencard ?

Je m'étais douté que le sujet de Volt reviendrait sur le tapis.

— Si, bien sûr que si, répondis-je, sachant que là n'était pas le problème. Mais il ne veut pas emmener une de ses habituées à un mariage pour éviter qu'elle ne s'imagine que les choses deviennent sérieuses entre eux. Il veut éviter ça.

— Une de ses habituées ?

— Ouais. C'est un célibataire endurci.

C'étaient ses mots, mais j'étais sûre que ce n'était pas vrai. Quand il rencontrerait la bonne, il se calmerait et se laisserait dresser. Mais en attendant, c'était un étalon sauvage.

— Un coureur de jupons ?

— On peut dire ça comme ça. Il aime bien coucher à

droite à gauche et faire ce qui lui chante. Il refuse toute relation.

— Et pourquoi ça ?

Il ne me l'avait jamais dit.

— Je n'en suis pas sûre. Mais je pense qu'il a eu le cœur brisé dans le passé.

— Il ne t'en a jamais parlé ?

Je secouai la tête.

— Je pensais que vous étiez meilleurs amis.

— C'est le cas. Mais il ne parle pas de ses relations avec moi. Je pense qu'il n'en parle à personne, à vrai dire.

— Alors ça a dû être assez brutal.

— Ouais…

Elle avait dû quitter Volt pour un autre, ou le tromper. J'ignorais ce que c'était. Peut-être les deux.

— Enfin bref, je l'accompagne pour la soirée.

— C'est pour ça que vous n'avez jamais sauté le pas ?

Bon, on avait à moitié sauté le pas.

— Que veux-tu dire ?

— Parce que c'est un dragueur ? Tu n'es pas le genre de femme à apprécier ça.

— Sans doute. Mais je pense aussi qu'on est de meilleurs amis qu'amants.

Sage semblait reprendre ses esprits après sa crise au sujet de Volt. Peut-être se rendait-il compte qu'il n'avait pas à se sentir menacé.

— Alors vous avez essayé d'être amants ?

— Heu… Non.

J'ignorais comment répondre. Nous nous étions embrassés une fois, mais je délirais, je souffrais. Volt m'avait empêchée de faire quelque chose que je risquais de regretter, donc ça ne comptait pas. Mais je changeai quand même de sujet pour éviter la conversation.

— Alors, à quand remonte ta dernière relation ?

Il but sa bière en soutenant mon regard. Il avait les traits classiques d'un bel homme, un homme qui passerait bien à la télé.

— Il y a environ un an. C'était une rupture mutuelle. Ça ne marchait pas.

— Parfois, ça arrive.

— Depuis la rupture, je sors de temps en temps... J'essaye de rencontrer quelqu'un d'autre. On pourrait penser que c'est facile, dans une grande ville comme Manhattan, mais c'est tout le contraire. Il y a tellement de choix que les gens ne savent pas où donner de la tête.

Ses paroles me firent penser à Volt. Malgré ce que Drew avait fait, il semblait être un mec bien. Peut-être que la tentation était trop forte ? Peut-être qu'il y avait trop de belles femmes à New York pour se contenter d'une seule ?

— Je vois ce que tu veux dire.

— Il y a beaucoup de beauté extérieure, ici, continua-t-il. Mais c'est rare de trouver la beauté de l'âme.

Il trinqua sa bière contre mon verre de vin.

— Et je pense qu'on l'a tous les deux trouvée.

– QU'EST-CE que tu vas dire à tes parents ? demandai-je en marchant à côté de Volt.

Je portais une robe bordeaux avec des manches et des talons noirs. Le soleil était de la partie, mais il faisait frais pour la fin octobre.

— De quoi tu parles ?

Il marchait à côté de moi, les mains dans les poches de son costume. Celui-ci était gris anthracite et d'un tissu de qualité. Volt semblait plus grand et plus baraqué dans cette tenue.

— Tu vas leur dire que je suis ta petite amie ?

— Pourquoi leur dirais-je ça ?

— Pour qu'ils te foutent la paix ?

— Je leur ai juste dit qu'on était amis…

Il détourna les yeux, qui s'assombrirent, comme s'il pensait à une chose qu'il était le seul à pouvoir comprendre. Lorsqu'il se retourna vers moi, son regard avait changé.

— Ça ne te dérangerait pas de prétendre que tu es ma petite amie ?

— Bien sûr que non ! Pourquoi pas ?

Je ne voyais pas le mal. Ses parents entendraient ce qu'ils voulaient entendre, et Volt serait tranquille pendant au moins quelques mois.

— Tant que tu ne fourres pas ta langue dans ma bouche, ça ira.

— Zut alors…, dit-il avec un sourire taquin. Je voulais justement faire un concours de roulage de pelles.

Je levai les yeux au ciel : je savais qu'il plaisantait.

— Je suis sûre que ça enchanterait Sage.

— Ce qu'il ne sait pas ne peut pas le blesser.

Je fis les gros yeux.

Volt attrapa ma main quand nous arrivâmes devant la porte d'entrée. Il entrelaça nos doigts, comme toujours quand nous nous tenions la main. Il m'attira contre son flanc.

— Mes parents sont sympas. Tu vas les adorer.

— J'en suis sûre.

Ils avaient élevé un fils merveilleux, donc j'étais sûre que c'étaient des gens bien.

La porte s'ouvrit et sa mère nous accueillit avec un grand sourire. Elle avait des cheveux bruns tout comme Volt, et les mêmes yeux. Elle était toute petite, à peine plus d'un mètre cinquante. Le fait qu'elle ait accouché d'un homme de plus d'un mètre quatre-vingts était étrangement mignon.

— Salut, mon chou, dit sa mère avant de le prendre dans ses bras. Tu m'as manqué.

Volt enlaça sa mère sans aucune honte.

— Tu m'as manqué aussi, maman.

Elle le serra fort, le forçant à expirer tout l'air de ses poumons.

— Waouh, maman ! Tu t'entraînes aux poids libres ou quoi ?

Elle s'éloigna et tapota délicatement sa joue.

— Ces robes de mariée sont lourdes, tu sais ?

— Maman, je te présente Taylor, enchaîna Volt en m'attirant contre lui.

Elle me regarda comme si j'étais un miracle tombé du ciel. Ses yeux étincelaient de joie, et on aurait dit qu'elle voulait m'enlacer comme elle venait d'enlacer son fils.

— Vous êtes si belle, ma chérie.

Elle me serra dans ses bras avec une affection toute maternelle mais, heureusement, sans me briser les côtes.

Volt leva les yeux au ciel.

— Je suis si contente que vous ayez pu venir, dit sa

mère, s'éloignant avant de me pincer les joues. Appelez-moi Vivian.

— Je suis ravie de vous rencontrer, Vivian. Merci de m'avoir invitée.

— Non, merci à vous.

Elle serra mes épaules avant d'entrer dans la maison.

— Bon… J'ai une mauvaise nouvelle.

— Quoi ? demanda Volt en entrant à ma suite.

— Ton père est très malade, expliqua Vivian. Il ne va pas pouvoir venir.

— Malade comment ? demanda Volt. Il va bien ?

— Il souffre d'une intoxication alimentaire. Il est par terre dans la salle de bain depuis ce matin.

— Ooh… comme c'est dommage.

Les intoxications alimentaires, quelle poisse.

— Pauvre papa, dit Volt. Peut-être qu'on devrait rester à la maison et prendre soin de lui.

Vivian secoua la tête.

— C'est ce que je lui ai dit, mais il a insisté pour que nous y allions sans lui. Il dit qu'il va passer tout son temps à vomir, et qu'on ne peut rien y faire.

— J'imagine qu'on ne s'absentera que quelques heures, dit Volt en consultant sa montre. Il ne restera pas seul trop longtemps.

— C'est vrai, dit Vivian en ramassant son sac sur la table. Alors allons-y.

APRÈS LA CÉRÉMONIE, nous nous installâmes autour

des tables rondes dispersées sous les amandiers en fleurs. Des bougies blanches illuminaient les tables.

Volt s'assit à côté de moi et posa immédiatement sa main sur ma cuisse, sous la table. Il insistait pour sauver les apparences, même si personne ne pouvait vraiment voir sa main sous la table.

Je remarquai que beaucoup de femmes décochaient des regards à Volt, ayant sans doute espéré qu'il serait libre pour la soirée. Plusieurs demoiselles d'honneur lui firent de l'œil, et d'autres femmes n'hésitaient pas à battre des cils.

Peut-être que m'inviter avait été une erreur.

— Taylor, que faites-vous dans la vie ? demanda Vivian en se tournant vers moi.

— Je suis enseignante.

Ses yeux brillèrent de tendresse. Manifestement, elle appréciait ma réponse.

— En primaire ?

— Non, dans le secondaire. C'est ma première année en tant que prof.

— Volt était enseignant, lui aussi, dit Vivian. C'est un si beau métier.

— Je suis complètement d'accord.

Même si je galérais vraiment.

— Où enseignez-vous ? demanda-t-elle.

Volt se redressa d'un bond et me tendit la main.

— Accorde-moi cette danse.

Volt dansait ?

— Quelle belle chanson…, dit Vivian sans sembler dérangée par l'interruption.

Elle semblait si heureuse que son fils ait enfin une femme dans sa vie.

Je posai ma main dans la sienne et il me tira vers la piste de danse. C'était un slow, une de ces ballades romantiques à l'eau de rose que les gens passaient aux anniversaires. Volt m'attira contre son torse et posa ses mains sur ma chute de reins, me serrant contre lui.

J'enroulai mes bras autour de son cou. Son eau de Cologne imprégna mes narines, familière. Je reconnaissais l'odeur de ses draps et de ses vêtements. Le parfum était capiteux, et me fit repenser au dimanche que nous avions passé tous les deux. Il me rappela tous les moments que nous avions passés ensemble. Son odeur infectait mes souvenirs.

Volt posa des yeux rêveurs sur moi. Ses yeux se rivèrent aux miens et il ne cilla pas une fois. Il me guida d'un côté à l'autre sans jamais me quitter du regard.

— Tu es doué.

— Doué pour quoi ? murmura-t-il.

— Ce regard rêveur, sexy. Tu l'utilises sur toutes les filles ?

— Pas vraiment, répondit-il en m'attirant encore plus près, son front touchant le mien.

Jamais nous n'avions partagé ce genre d'affection. C'était encore plus intime que les préliminaires passionnés que nous avions eus quelques mois plus tôt. Nos lèvres ne se touchaient pas, nous étions tout habillés, mais c'était troublant. Nous ressemblions à un couple éperdument amoureux, pensant à notre propre mariage dans le futur.

Je ravalai la boule dans ma gorge pour essayer de me

détendre. Je sentis un frisson parcourir mon échine et j'eus la chair de poule.

Puis je me souvins que ce n'était que pour faire semblant, pour la galerie.

Et j'en oubliai toutes les sensations qui s'étaient emparées de mon corps.

— Ta mère semble heureuse.

— Elle est aux anges, murmura-t-il. Quand tu auras tourné le dos, elle commencera à m'emmerder pour savoir quand on se mariera et tout ça.

— C'est mignon.

— Je sais que ses intentions sont bonnes, mais c'est pénible, parfois.

— Je comprends.

— Le fait qu'elle possède une boutique de robes de mariée n'aide pas. Elle est encore plus obsédée par le mariage que les autres mères.

— Elle a une boutique de robes de mariée ? demandai-je, incrédule. C'est cool.

— Tu es obsédée par les mariages, toi aussi ? gloussa-t-il.

— Je ne dirais pas obsédée… Mais je pense parfois au mien.

— Ah oui ? Et à quoi ressemblera ton mariage ?

Je sentis l'embarras m'envahir. J'avais l'air d'une lycéenne naïve qui ne se souciait que de se marier et d'avoir des bébés.

— Tu ne veux pas savoir…

— T'aurais-je posé la question dans le cas contraire ?

Il prit ma main et la posa sur son torse, tout en continuant de danser avec moi.

— Tu promets que tu ne te moqueras pas ?

— Je te le promets, dit-il, l'air attendri.

— Eh bien… J'ai toujours rêvé d'un mariage en plein air. Dans un endroit entouré d'arbres, d'herbe et de fleurs. Je suis plutôt mariage dans la nature qu'à l'église.

— J'avais compris.

— Et je veux un mariage intime – pas plus de cent personnes, probablement moins.

— Pourquoi ?

— Je ne veux pas de mariage en fanfare. Tu sais, juste avec ma famille et mes amis proches.

— Très bien. Et ton futur mari ?

— Que veux-tu dire ?

— À quoi ressemblera-t-il ?

— Aucune idée. Je ne l'ai pas encore rencontré.

Il serra doucement ma main.

— Comment l'imagines-tu ?

— Beau, gentil, attentionné… mon meilleur ami.

Quand nos regards se croisèrent, je sentis la tension grimper. Mon choix de mots n'était pas idéal mais, maintenant que je l'avais dit, je ne pouvais pas revenir en arrière.

— Je pense que c'est une excellente description.

La chanson se termina mais il me garda serrée contre lui. Une chanson au tempo plus rapide la remplaça. Les danseurs se mirent à sautiller, à prendre du bon temps. Mais nous restâmes enlacés sur la piste, à nous regarder dans les yeux.

— Et je ne trouve pas ça marrant.

— Eh bien, merci de ne pas t'être moqué de moi.

— Je ne me moque jamais de toi.

— Ouais, c'est ça !

— À quand remonte la dernière fois que je t'ai taquinée ?

— L'autre jour…

Je m'interrompis car je ne me souvenais pas de la dernière fois où il s'était foutu de moi.

Un sourire victorieux dansa sur ses lèvres.

— Tu vois ? Je te l'avais dit.

– CE GÂTEAU EST TROP BON !

Je fourrai un immense morceau dans ma bouche, debout près du bar. J'avais oublié tous les invités du mariage et savourais ma relation bourgeonnante avec le gâteau de mariage.

Volt me regarda dévorer toute ma part. Évidemment, il ne s'était pas servi.

— Très sexy.

— Oh, la ferme.

— J'ai l'impression de mater du porno.

Je lui donnai un petit coup de pied dans le mollet.

— Je peux jouer à ce jeu, moi aussi.

Il s'approcha et m'attrapa par les fesses, avant de les pincer.

— Hé, ho ! Qu'est-ce que tu fous ? m'exclamai-je en reculant d'un pas.

— Quoi ? demanda-t-il d'un air innocent. Tu es ma copine. Je peux te pincer le derrière.

— Ce n'est même pas romantique !

— Dans une vraie relation, on n'est pas romantique en

permanence. Tu peux prendre ce que tu veux sans devoir t'expliquer. Tu peux tirer un petit coup vite fait sous la douche. Tu peux faire jouir l'autre juste avec tes doigts. Ça, c'est une vraie relation.

Il tapota malicieusement mon popotin avant d'éloigner sa main.

Des images de nous en train de baiser dans la salle de bain ou de nous faire jouir mutuellement avec nos doigts traversèrent mon esprit, et je sentis la chaleur me monter aux joues, jusqu'à me brûler. Je me souvins lui avoir sauté dessus dans son appartement. C'était une chose que je n'oublierais jamais ; mon corps avait bourdonné de vie. Je n'y avais plus pensé depuis un certain temps mais, maintenant, je sentis l'excitation refaire surface.

Je me secouai, avant de poser une main sur son derrière et de le pincer.

— Alors, ça te plaît ?

— Je suis toujours partant pour un plan cul, dit-il en souriant jusqu'aux oreilles.

— Oh mon Dieu ! dis-je en levant les yeux au ciel.

— Quoi, tu n'as jamais essayé ?

— Essayé quoi ? demandai-je, ignorant de quoi il voulait parler.

— L'anal. La sodomie ? Ça ne te dit rien ?

— Non… rien du tout.

— J'aime le sexe. Tu sais, le sexe traditionnel.

— Alors tu ne sais pas ce que tu manques. Je te montrerai, un jour.

— Quoi ? lâchai-je.

— Je plaisante, dit-il avant de me lancer un clin d'œil. Ou pas.

— J'espère que tu plaisantes. Parce que c'est une voie de sortie uniquement.

— Elles disent toutes ça… jusqu'à ce qu'elles essayent.

— Je ne laisserai personne me prendre par…

Je m'interrompis en voyant Vivian s'approcher.

— Vous êtes si mignons, tous les deux, dit-elle, les mains sur la poitrine. Je n'aurais jamais pensé que mon cher petit Mur…

— Maman, tu n'as pas intérêt !

Pas intérêt quoi ?

— Oh, désolée, dit-elle en soupirant. C'est un très beau prénom. J'ignore pourquoi tu en as tellement honte.

— Quel beau prénom ?

Volt m'avait bien dit que c'était son deuxième prénom, mais j'ignorais quel était son vrai nom.

— Rien, coupa Volt. Maman a trop bu, apparemment.

— Absolument pas, se défendit sa mère.

— Maman, tu veux un verre de champagne ? demanda Volt. Peut-être un verre de vin au bar ?

— Je veux bien un verre de champagne, s'il te plaît.

— Je m'en occupe, dit Volt en s'éloignant vers le bar.

Quand nous nous retrouvâmes toutes les deux, elle me lança le même regard. Comme si j'étais la réponse à toutes ses prières. Si elle avait pu me reprendre dans ses bras, elle l'aurait fait.

— Merci de rendre mon fils si heureux. J'étais très inquiète.

À présent, je me sentais vraiment coupable. Nous étions en train de lui mentir, de lui faire croire quelque chose qui n'existait pas et n'existerait jamais. Un jour, il devrait lui avouer que nous ne sortions plus ensemble. Cela lui briserait-il le cœur ? Je ne me sentais pas à l'aise avec toute l'histoire.

— Volt est un homme génial.

— Et vous devez être une femme incroyable pour avoir remis mon fils sur le droit chemin. Il avait perdu sa voie, et j'avais peur qu'il ne redevienne jamais lui-même. Mais en le voyant vous regarder… Je sais que vous êtes la bonne.

Que j'étais la bonne ?

— Heu, Vivian…

— Il vous aime. Ça se voit sur ses traits, chaque seconde qu'il passe à vos côtés. Il est heureux et ça me rend si heureuse. Je vous remercie d'avoir été si patiente avec lui, et de lui rendre le sourire.

J'ignorais quoi dire. Devrais-je lui avouer la vérité et briser son cœur ? Pouvais-je supporter ce fardeau ? Continuer à lui mentir ? Ce plan était une mauvaise idée. Nous n'aurions jamais dû la faire marcher.

Volt revint avec le verre de champagne de sa mère. Il me tendit un verre également.

— Ils avaient du pinot noir. Je pensais que tu aimerais le goûter.

C'était mon vin préféré. J'ignorais comment il le savait.

— Merci, dis-je avant de boire une longue gorgée pour dissimuler mon malaise.

— Bon, je vais vous laisser tranquilles, tous les deux…

Elle lança un clin d'œil à son fils avant de s'éloigner.

Volt soupira quand elle eut disparu.

— Tu vois ce que je veux dire ? Elle est obsédée par…

— Je pensais pouvoir jouer le jeu, mais j'ai eu tort.

— Quel jeu ?

— Mentir à ta mère. Elle vient de me dire qu'elle était si heureuse qu'on soit ensemble. Volt, peux-tu vraiment faire ça à ta mère ? Parce que quand tu lui diras que c'est terminé, elle sera dévastée.

— Pourquoi lui dirais-je que c'est terminé ?

— Il faudra bien passer par là à un moment donné.

— Pourquoi ? On peut continuer à faire semblant. Je ne vois pas mes parents si souvent.

— Tu veux continuer à mentir éternellement ?

— Pourquoi serait-ce un mensonge ? Pourquoi ne serait-ce pas la vérité ?

Maintenant, j'étais perdue.

— Quoi ?

— Écoute, cet arrangement rend mes parents heureux et me rend heureux. Il n'y a pas de mal.

— Tu sais, je compte me marier un jour, et je ne crois pas que mon mari sera enchanté par cette histoire.

Il but une longue gorgée de vin. Plus longue que d'habitude.

— On s'occupera de ça en temps voulu, d'accord ? En attendant, laisse couler.

— Quand tu te caseras avec la bonne, ils lui en voudront parce qu'ils se seront attachés à moi. Ce ne sera ni juste ni équitable envers elle.

— Je ne vais jamais me caser, donc je ne vois pas le problème.

— Bien sûr que tu te caseras. Quand tu rencontreras la bonne, tu l'épouseras.

— Eh bien, je l'ai déjà rencontrée, et elle ne veut pas de moi. Donc non, ça n'arrivera jamais.

Il me regarda droit dans les yeux, sans ciller, l'air si abattu que c'était douloureux.

Volt s'ouvrait enfin à moi, me révélait son plus grand secret au moment le plus inattendu.

— Tu as été amoureux… et elle t'a rejeté ?

Il continua à me fusiller du regard, avant de détourner les yeux.

— Non. Oublie ce que j'ai dit.

— Parle-moi.

— Non, ce n'est rien.

Il avala le reste de son verre avant de le poser sur une table proche.

— Tenons-nous-en au plan. Point final.

— Mais…

— Point final.

VOLT RESTA TENDU pendant quelques heures. Nous passâmes la soirée à boire à notre table et à papoter avec des membres de sa famille. Il ne me toucha pas pendant un long moment, avant de reposer sa main sur ma cuisse. Je ne le repoussai pas : je ne voulais pas d'une autre dispute.

Puisque nous ne nous adressions pas la parole, je passai le temps en abusant des abondantes bouteilles de vin. Mes yeux se fermaient et je me sentais un peu étourdie. Je savais que j'avais trop bu, après avoir déjà trop bu.

— Tu veux danser ?

Volt se tourna vers moi, et je vis la même ivresse dans ses yeux.

— Je ne sais pas si tu pourras me suivre, bébé.

— Crois-moi, j'ai du talent.

— Ah oui ? défia-t-il. Alors allons voir ton talent.

Il déposa son verre de whisky et me guida sur la piste de danse bondée. Les gens s'agitaient sous la nuit étoilée. Il ne restait plus que quelques chansons avant la fin de la soirée.

Volt me fit virevolter puis me ramena vers lui comme s'il avait fait ça des centaines de fois.

— Waouh ! Je parie que tu regardais *Dirty Dancing* en boucle quand tu rentrais de l'école.

Il me fit tournoyer à nouveau.

— Les femmes pensent que danser, c'est pareil que le sexe. Donc je m'assure d'être bon sur les deux tableaux.

— Et tu l'es ?

— Peut-être que tu devrais essayer pour voir.

Il bougeait ses mains en rythme avec la musique, et j'étais surprise de le voir si décontracté. Quand il n'était pas si inflexible, il était vraiment marrant.

— Eh bien, je suis sûre que ce n'est pas vrai, parce que je danse bien mieux que je ne fais l'amour.

— Je n'en crois pas un mot.

— C'est la vérité. C'est peut-être pour ça que Drew est allé voir ailleurs.

J'étais désinhibée par l'abus d'alcool. C'était devenu facile d'en parler, parce que j'étais passée à autre chose. Je n'étais plus blessée.

— La ferme, dit-il en m'attirant vers lui. Ce n'est pas vrai. Je sais que c'est faux.

— Non, tu n'en sais rien.

— Je t'ai embrassée. Crois-moi, je ne voulais pas m'arrêter. La seule raison qui m'y a poussé, c'était parce que je savais que ce n'était pas vraiment ce que tu voulais. Mais si tu l'avais voulu… rien n'aurait pu m'empêcher de t'avoir.

— Mais j'avais perdu la tête. Je n'embrasse pas comme ça, normalement.

— Donc il n'y a que moi que tu embrasses comme ça ? demanda-t-il tout bas.

— Je ne sais pas…

Je ne savais plus ce que je racontais. Je m'éloignai de lui et recommençai à danser, tentant de ne pas trop réfléchir. Sinon, je serais perdue.

Et j'étais déjà perdue.

NOUS NOUS INSTALLÂMES sur la banquette arrière et sa mère nous reconduisit jusqu'à New York. J'étais toujours ivre du vin et de la danse. Quand nous étions arrivés dans la voiture, je transpirais toujours après avoir tant dansé. Mais j'étais trop fatiguée pour me soucier que Volt le remarque.

Je posai ma tête sur son épaule et il passa un bras autour de moi. Nous étions blottis l'un contre l'autre, tous deux épuisés et ivres. Je somnolai pendant la majeure partie du trajet. Parfois, les phares des voitures qui nous croisaient brûlaient mes paupières et me réveillaient. Mais quand la route redevenait sombre, je replongeais dans les bras de Morphée. Volt caressait doucement mes cheveux, me berçant à chaque fois que je me réveillais.

Sa mère prit la parole à un moment donné.

— Où est-ce que je vous dépose, Volt ?

— Chez moi, répondit-il.

Elle continua à rouler plusieurs minutes avant de couper le moteur.

— Bonne nuit, bébé.

— Bonne nuit, maman.

Je me forçai à me réveiller pour lui dire adieu.

— C'était un plaisir de vous rencontrer, Vivian. Merci de nous avoir ramenés.

— Quand vous voulez, ma chérie.

Elle se tourna et serra doucement ma main.

J'étais sur le point de chanceler hors de la voiture quand Volt me prit dans ses bras et me souleva.

— À bientôt.

— Tu n'es pas obligé de me porter…, dis-je en me rendormant, si à l'aise dans ses bras.

— Tu n'as pas l'air capable de marcher, répondit-il en gloussant.

— Je sais que tu n'as pas été t'entraîner, dernièrement, donc sers-toi de moi comme d'un entraînement.

— Un entraînement ? fit-il en riant. Tu n'es pas assez lourde pour ça.

Il me porta dans l'immeuble et jusqu'à son appartement. Une fois à l'intérieur, il me porta jusqu'à sa chambre.

Je savais que je ne devrais pas être chez lui. Ça dérangerait Sage. Mais je n'avais aucune envie de rentrer jusqu'à chez moi, et marcher de nuit en ville avec un verre dans le nez n'était pas une bonne idée.

Volt se débarrassa de ses vêtements, jusqu'à terminer en boxer, puis se glissa au lit à côté de moi. Il me serra dans ses bras et posa son front contre ma nuque.

C'était si confortable que je n'osais pas bouger. Je portais toujours ma robe, mais j'étais trop crevée pour l'enlever. Son odeur m'enveloppa, me rappela la soirée, un peu floue. Sa barbe naissante effleura ma peau, me berçant vers un sommeil profond dont je ne voulais jamais me réveiller.

Je voulais rester ici pour toujours.

CINQ

Volt

Nous ne nous réveillâmes pas avant treize heures le lendemain.

Le corps de Taylor enveloppait complètement le mien. Elle me câlinait comme si j'étais son ours en peluche préféré.

J'adorais l'avoir ainsi dans mes bras. Je savais que ce n'était qu'un moment fugace. Elle était avec moi maintenant mais, quand elle se réveillerait, elle s'en irait, comme toujours. Je courais tout droit à l'échec – juste quand je pensais ne plus avoir mal, je la laissais me piétiner.

Taylor s'étira avant de se réveiller. Son maquillage avait coulé et ses cheveux étaient en bataille, mais elle était si belle. Tout ce qui lui manquait, c'étaient des lèvres rougies et en cœur.

Et être nue.

— Je déteste avoir la gueule de bois…, marmonna-t-elle en caressant mon torse sans même s'en rendre compte.

— Ouais, ça craint.

Je pris deux antidouleurs et les lui tendis. Elle avala les comprimés à sec.

— Maintenant, je suis prête à me rendormir.

— Excellente idée.

Plus longtemps elle restait dans mon lit, mieux c'était.

— Mais j'ai faim…

— Tu veux que le chef te prépare quelque chose ?

— Tu n'as pas à cuisiner pour moi, Volt.

— C'est un plaisir.

Je ne cuisinais jamais pour personne mais, pour elle, je ferais une exception.

— Et si je préparais le petit-déj' et qu'on regardait le foot toute la journée ? Pas de douche, pas de vêtements.

— Pas de vêtements ? répéta-t-elle en riant.

— Je veux dire, pas de tenue de ville.

Ou de tenue du tout.

— OK, ça me va. Cette robe est vraiment très inconfortable.

— Je peux te prêter des fringues.

— Ce serait avec plaisir.

J'allai lui chercher un t-shirt et un short à moi, et j'enfilai un jogging pour lui cacher mon érection. Elle s'était déjà frottée à moi, donc c'était sans doute inutile, mais je serais plus à l'aise.

Après le petit déjeuner, nous nous installâmes sur le canapé tous les deux et regardâmes le foot toute la journée. C'était ce que je faisais d'habitude durant les dimanches d'automne et d'hiver, mais je le faisais généralement seul ou avec des potes. Jamais avec une fille.

À chaque pause publicité, elle sortait son téléphone et

jouait une partie de Candy Crush. Cette fois, elle semblait trop fatiguée, donc elle posa le téléphone sur la table basse et ferma les yeux.

Je n'osai pas la réveiller : elle était si paisible. Elle paressait sur mon canapé, l'air minuscule dans mes vêtements trop grands pour elle. C'était difficile de me souvenir d'un temps où je n'avais pas ressenti ça pour elle. Avant qu'elle ne prenne d'assaut mon cœur, j'aurais commencé ma journée en mettant ma maîtresse de la nuit à la porte. Puis j'aurais passé ma journée seul, à faire ce que je voulais sans penser à quelqu'un d'autre.

Et ça me plaisait comme ça.

Mais désormais, tout était différent. Je voulais passer tout mon temps avec elle, et je voulais qu'elle éprouve la même chose pour moi. C'était si frustrant de vouloir quelqu'un que l'on ne pouvait avoir. C'était encore plus frustrant de ne pas pouvoir lui dire… même si j'avais fait quelques commentaires çà et là.

Son téléphone commença à vibrer sur la table basse. L'écran s'alluma et un nom apparut.

Sage.

Pourquoi ce type ne disparaissait-il pas ? Pourquoi devait-il être si beau, si charmeur ? Pourquoi m'avait-il volé ma chérie ?

Je jetai un œil à Taylor et vis qu'elle dormait toujours. J'espérais qu'elle ne se réveillerait pas.

L'appel de Sage se termina, mais son nom apparaissait toujours à l'écran.

Je voulais l'effacer, pour qu'elle ne sache pas qu'il l'avait appelée.

Ce serait si facile.

Elle ne le rappellerait pas et passerait le reste de la journée avec moi.

Il suffisait que je glisse mon doigt sur l'écran…

Je vérifiai qu'elle dormait toujours avant de prendre son téléphone et de poser mon pouce sur l'écran. Il aurait suffi de faire glisser mon doigt pour cacher la notification. Elle ne la verrait qu'en allant voir ses appels manqués.

Facile à faire…

Je continuai à tenir le téléphone, hésitant à agir. Si je le faisais, ce serait vraiment hypocrite de ma part. Si ce mec lui plaisait vraiment, je n'allais pas saboter leur relation. Je pouvais patienter et espérer avoir une chance de voler son cœur s'ils se séparaient, mais je ne pouvais pas détruire volontairement ce qu'ils avaient.

Non, je ne pouvais pas lui faire ça.

Malgré moi, je reposai le téléphone.

Sans toucher au message.

– SALUT, maman, dis-je en lui tendant la tarte.

Au lieu d'être heureuse de me voir, comme elle l'était toujours, elle avait l'air déçu.

— Où est Taylor ?

— Elle avait un empêchement, elle n'a pas pu venir.

Parce que je ne lui avais jamais demandé. Elle était sans doute de sortie avec ce nullard.

— Oh… j'aurais aimé que ton père la rencontre.

— Il la rencontrera.

Elle me regarda sans me voir, le visage vide de toute expression.

— Bon…

J'entrai dans la maison sans attendre l'étreinte habituelle de ma mère. Elle posa la tarte sur le plan de travail et entra dans la salle à manger.

— Salut, papa. Tu te sens mieux ?

Il se leva et me prit dans ses bras, mais il avait l'air différent. On aurait dit qu'il avait perdu cinq kilos d'eau. Son cou était plus fin, son visage creusé.

— Beaucoup mieux. C'est si bon de manger de la nourriture solide.

Je m'assis en face de lui et me servis un verre de vin. La nourriture était déjà servie.

— Où est Connor ?

— Alors, j'ai entendu dire que tu avais une amie, rétorqua mon père sans entendre ma question.

Mon père n'était pas aussi obsédé par l'idée du mariage que ma mère, mais ça avait son importance.

— Oui. Elle s'appelle Taylor.

— Ta mère a l'air de penser qu'elle est la femme la plus parfaite qui soit sur terre.

Elle avait tapé dans le mille.

— Elle l'est.

Papa pouffa.

— Je suis content que tu aies rencontré quelqu'un. Je me réjouis de la rencontrer.

— Merci. Je pense qu'elle te plaira.

— Peu importe ce que j'en pense, vu que ta mère l'adore déjà.

Maman nous rejoignit à table et servit les assiettes. Sous peu, nous mangions tous ensemble.

— Qu'est-ce que tu comptes faire pour Thanksgiving ? demanda maman.

— Je n'ai encore rien prévu. Je pensais venir ici.

— Excellent. Et ça veut dire que Taylor t'accompagnera ?

Elle ne prit pas la peine de cacher ses émotions. Son désespoir suintait comme une fuite de gaz toxique.

— Je vais lui demander, répondis-je en découpant mon blanc de poulet. Alors, où est Connor ?

— Il n'a pas pu venir, répondit papa. Il avait trop de travail.

Mon frère et moi n'étions pas très proches, bien que nous ayons le même âge. Il était l'avocat d'un groupe financier à Manhattan. Il avait vraiment percé.

— Tu es de retour au travail, papa ?

— Oui. Et le travail m'est tombé sur les épaules comme un fardeau dès que j'ai passé la porte. Tu te souviens de cette nouvelle prof dont je t'ai parlé ? Eh bien, les parents n'arrêtent pas de s'en plaindre. Il n'y a pas eu une seule sortie scolaire, son deuxième examen était complètement différent du premier et tous les élèves ont récolté dcs C. Ils disent qu'elle est bien trop dure. Et ce n'est pas peu dire, car ces élèves sont très doués.

Je cessai de manger et sentis mon sang se glacer.

— Je vais la remplacer après Noël. J'ai déjà prévu des entretiens d'embauche.

Merde ! merde ! et remerde !

— Papa, tu ne crois pas que tu es trop dur ?

— Non, répondit-il en continuant à manger. Tu devrais voir les e-mails qui atterrissent dans ma boîte tous les jours. Je n'aurais jamais dû embaucher une débutante. C'était ma faute, et j'en paie le prix.

Je devais sauver Taylor. C'était une bonne enseignante dans une mauvaise situation.

— Papa, tu ne penses pas que ce serait pire pour les élèves, si tu remplaces leur enseignante en milieu d'année ?

— Pas s'ils n'apprennent rien, lâcha-t-il.

— Mais ils apprennent, contrai-je. Peut-être qu'elle essaye une nouvelle méthode.

— Eh bien, clairement, ça ne marche pas.

Mon père sirota son vin en me regardant.

— Pourquoi t'en inquiètes-tu tant ?

Je ne voulais pas leur dire que c'était ma Taylor. Cela gâcherait son image aux yeux de mes parents. Elle devait se racheter d'abord. C'était la seule façon de jouer en sa faveur. De plus, si elle apprenait la vérité, elle jetterait l'éponge. Elle faisait de son mieux et, si ce n'était pas suffisant, elle changerait probablement de carrière.

— À une époque, j'étais aussi un professeur débutant. J'avais besoin de temps pour apprendre les ficelles mais, quand ça a été fait, j'ai été un super prof. Au lieu de la jeter dehors, soutiens-la. Encourage-la. Tu lui as donné un avertissement, au moins ?

— Heu… non, répondit mon père, son verre de vin en main.

— Peut-être que tu devrais lui parler, suggérai-je. Comment veux-tu qu'elle résolve quoi que ce soit si elle ne sait pas qu'il y a un problème ? Et arrête de donner aux parents tout ce qu'ils demandent. Tu travailles avec les profs, pas avec eux.

— Je serais d'accord, s'ils ne finançaient pas en grande partie l'académie, dit mon père.

— Accorde-lui un peu de temps. Et d'aide. Ne la vire pas alors qu'elle ne sait pas que quelque chose ne va pas.

C'était un gros problème de communication. Pire encore, c'était un manque de professionnalisme.

— Bon, d'accord.

Au moins, j'avais évité la crise.

— Enfin bref, soupira mon père. Quoi de neuf de ton côté ?

De mon côté, beaucoup de choses. Mais je ne pouvais pas leur en parler.

J'AVAIS un vrai passage à vide, en ce moment.

La situation avec Taylor empirait de semaine en semaine. J'avais essayé de m'éloigner et de tourner la page, mais c'était impossible. Au contraire, je m'accrochais davantage. Elle était mon quelqu'un, la personne à qui je pouvais tout dire.

Mais je ne pouvais pas lui parler de ceci.

Derek et moi étions meilleurs amis depuis l'aube des temps, mais nous nous étions éloignés, dernièrement. Après ma rupture, j'avais dérivé dans l'extrême et m'étais fermé à tout et tous – jusqu'à ce que Taylor perce ma carapace.

Peut-être devrais-je lui en parler.

Il pensait déjà que j'avais des sentiments pour Taylor. Tout le monde le pensait. Il pourrait garder le secret si je le lui demandais. J'en étais sûr. Donc je décidai de me lancer et lui envoyai un message. *Salut, mon pote. Qu'est-ce que tu fais de beau ?*

Je viens de rentrer. Quoi de neuf ?

Je peux passer ? Cela faisait un petit temps que je ne l'avais plus vu, donc cette conversation me paraissait étrange.

Quand tu veux. À toute.

Je marchai jusqu'à chez lui et toquai à la porte. Il ne semblait pas penser que quelque chose avait changé entre nous ; il agissait comme il le faisait toujours.

— Salut, ducon. Tu veux une bière ?

— Un demi, crétin.

— Ça vient.

Il sortit une bouteille du frigo et me la lança.

Je tournai la capsule et la jetai sur la table basse avant de m'asseoir dans le divan.

Il s'affala sur l'autre canapé et posa les pieds sur la table. Un match de base-ball passait à la télé, et le score n'était pas en faveur des Yankees.

— Alors, quoi de neuf ?

Nous parlâmes de tout et de rien, du travail et de la vie. Il me raconta qu'il avait rencontré plusieurs nanas, mais aucune rencontre n'avait mené à quoi que ce soit.

— Et de ton côté ? demanda-t-il.

Le moment de la vérité avait sonné.

— Je n'ai rencontré personne dernièrement.

— Quoi, depuis hier ?

— Heu, non. Depuis plus d'un mois.

Il se redressa et me regarda d'un air grave.

— Merde, tu as le SIDA ?

C'était la dernière chose à laquelle je m'attendais, venant de lui.

— Ben non...

— C'est OK. Ça se soigne, de nos jours. Ce n'est pas la fin du monde.

— Derek, je n'ai pas le SIDA, dis-je calmement.

C'était gênant d'être accusé d'une telle chose.

— Alors pourquoi cette abstinence ?

À cause d'une femme.

— Je ne suis pas intéressé, c'est tout.

Je tournais autour du pot : c'était vraiment difficile de reconnaître mes sentiments tout haut.

— Oh, merde ! fit-il en se grattant la nuque. Je ne savais pas…

Il ne savait pas quoi ?

— Quand as-tu fait ton coming out ?

Là, j'avais vraiment envie d'une chose : le gifler bien fort.

— Derek, je ne suis pas homo. J'ai des sentiments pour Taylor et je ne sais pas quoi faire. Je n'ai pas le SIDA et je n'aime pas les hommes.

Il en eut la mâchoire décrochée. C'était comme si cette révélation était pire que les deux premières. Lentement, il leva une main et la pointa vers moi.

— Je le savais !

Je levai les yeux au ciel.

— Je savais que tu en pinçais pour elle, et tu n'arrêtais pas de me dire que j'étais un idiot.

— Tu es un idiot. Et je n'avais pas de sentiments pour elle à l'époque.

Du moins, je ne le pensais pas.

— C'était tellement évident ! Tu passes tout ton temps avec cette femme et si quelqu'un ose la regarder, tu pètes un plomb.

Je ne pouvais pas le nier.

— Tu ne peux en parler à personne, d'accord ? Je ne veux pas qu'elle l'apprenne.

— Pourquoi pas ?

La vérité était indéniable. Je pouvais essayer de la fuir, mais elle me rattraperait toujours au tournant.

— Elle ne ressent pas la même chose.

— Ah non ? demanda-t-il, surpris. Tu en es sûr ?

Sûr et certain.

— Ouais. Crois-moi.

— Mais comment le saurais-tu, si tu ne lui as pas demandé ?

— Mec, je le sais. Je sais quand une femme en pince pour moi ou pas.

— Et comment le sais-tu, avec Taylor ?

— Eh bien, elle sort avec d'autres mecs… C'est un signe évident.

Le sarcasme coulait de ma voix comme du venin brûlant. J'étais incapable de le retenir.

— Elle sort avec qui ? Je pensais que c'était terminé, avec Drew ?

— Elle sort avec un autre type… Le crétin de première qu'elle a rencontré au restaurant. Tu sais, l'histoire de l'appli de rencontre ?

— Pourquoi est-il un crétin ? demanda Derek. Pourquoi Taylor sortirait avec lui, s'il était un crétin ?

— Eh bien… ce n'est pas vraiment un crétin.

Je le détestais uniquement parce qu'il était avec la femme de mes rêves. Et il n'avait rien fait pour l'avoir. Il l'avait vue au restaurant et l'avait invitée à sortir. Il ne la méritait pas plus que moi.

— Je ne l'aime pas, c'est tout.

— J'ai besoin d'une minute pour digérer tout ça… Volt a des sentiments.

— Ouais, bon.

Je savais qu'il me taquinerait, et je ne pris pas la peine de l'en empêcher.

— Depuis quand ?

— Je ne sais pas trop. Un bon moment.

— Et qu'est-ce qui s'est passé ? Tu t'es réveillé un matin en réalisant que Tayz était géniale ?

— J'ai toujours su qu'elle était géniale. Mais non, ça ne s'est pas passé comme ça. Je ne sais pas quand ça a commencé. Je pense que j'avais des sentiments bien avant de m'en rendre compte.

À mon sens, chaque cellule de mon corps était accro à elle, mais mon cerveau avait résisté le plus longtemps. Mais lui aussi avait fini par craquer – comme une brindille.

— Si tu ne comptes pas lui parler de tes sentiments, pourquoi tu m'en parles à moi ?

Comme tout le monde, j'avais besoin d'un confident. J'étais dans une situation délicate, et je ne savais pas comment m'en sortir. Taylor aurait pu me donner des conseils mais, étant au cœur du problème, elle serait un peu biaisée.

Je me sentirais comme un cheveu dans la soupe.

— Je ne sais pas quoi faire. J'imagine que je demande de l'aide.

— Tu ne sais pas quoi faire au sujet de Tayz ?

Je hochai la tête.

— Et lui dire ce que tu ressens, c'est hors de question ?

— Ouaip.

— Eh bien… J'imagine que tu vas devoir attendre ta chance. Elle va bien finir par quitter ce mec-là aussi, non ?

— C'est ça le problème, dis-je, redoutant déjà mes paroles. Elle l'aime vraiment bien. Elle m'a dit qu'elle pouvait voir un avenir entre eux… Ce genre de conneries.

Pourquoi ? Juste parce qu'il était bien foutu ? J'étais bien foutu, moi aussi. Je pouvais lui offrir le monde sur un plateau d'argent, si elle le voulait.

— Et si elle l'aime vraiment, je ne peux pas m'immiscer entre eux.

— Pourquoi pas ?

— Parce que ça ferait de moi le plus grand enfoiré au monde.

Je savais que, si la situation était inversée, elle ne me ferait jamais un tel coup. Quel genre d'ami serais-je si je gâchais sa relation exprès pour avoir ce que je voulais ? Si je faisais ça, je ne la mériterais pas.

— Depuis quand ça t'inquiète, d'être un enfoiré ?

— Depuis que j'ai rencontré Taylor.

Elle avait émoussé ma colère, guéri mes blessures. Elle avait ramené mon bon côté, la part de moi que je pensais disparue pour toujours.

— Waouh ! fit-il, beaucoup plus sérieux. Tu craques vraiment pour elle, pas vrai ?

— Ça craint, répondis-je en haussant les épaules. Je déteste ça.

—Je ne pige pas comment elle n'a pas compris. C'est tellement évident aux yeux des autres.

— Quand on s'est rencontrés, elle ne m'intéressait pas tellement. Elle doit penser que les premières impressions durent pour toujours et que mes sentiments ne pourraient jamais changer. C'est ma seule explication. Parce que tu as raison, c'est douloureusement évident.

— C'est si beau et si triste…

Je lui décochai un regard noir.

— Je dis ça en bien, ajouta-t-il vivement.

— T'as intérêt.

— Alors… Qu'est-ce que tu vas faire ?

— Je n'en sais rien… Qu'est-ce que tu me conseilles ?

Il éclata de rire.

— Tu crois que je peux te conseiller là-dessus ?

— Tu es mon meilleur ami, non ?

Son rire s'évanouit.

— Mec, on sait tous les deux que je ne suis plus ton meilleur ami. Taylor l'est.

— Mais…

— T'inquiète. C'est comme ça que ça doit être, dit-il en me lançant un regard affectueux. J'espère juste qu'elle finira par comprendre ses sentiments.

— Comprendre ?

— Je crois qu'elle ressent la même chose. Elle est collée à toi comme de la glu.

— Je ne pense pas, non… On ne dirait pas.

— Tu as raison, on ne dirait pas. Mais je crois quand même que c'est le cas. C'est juste qu'elle ne le sait pas. C'est comme toi il y a quelques semaines.

— Genre, c'est dans son subconscient ?

— Obligé, répondit-il en hochant la tête. Un homme et une femme ne sont jamais aussi proches et platoniques, à part s'il l'un d'eux est homo. Et puisqu'on a déjà assuré que tu ne l'étais pas, ça voudrait dire qu'elle est lesbienne. Mais vu qu'elle enchaîne les conquêtes, ça m'étonnerait.

Je levai les yeux au ciel en écoutant son exposé.

— Alors ouais. Je crois que tu devrais attendre ta chance.

— Combien de temps ?

— Aucune idée, répondit-il en haussant les épaules.

— Et si ça dure, entre eux ?

Il but sa bière en réfléchissant à ma question.

— Alors tu devrais sans doute l'oublier. Enfin quoi, tu serais prêt à poireauter pendant un an ? Peut-être plus ? Ce n'est pas très réaliste.

— Je sais.

— Si c'est trop long pour toi, peut-être qu'il vaudrait mieux tourner la page.

Mais comment m'y prendrais-je ?

— Je ne sais pas si je peux y arriver.

— Arrête de coucher à droite à gauche et sors avec quelqu'un pour changer. Entretiens tes relations. Et arrête de passer autant de temps avec Taylor.

Toutes ces choses me semblaient inconcevables.

— Je ne sais pas…

— Si tu ne fais pas l'effort, tu resteras coincé dans ce vortex pour toujours.

Et ça, c'était hors de question – intolérable.

— Tu as raison.

— Bon, alors tu vas essayer de l'oublier ?

Je ne pouvais pas me laisser piétiner encore et encore.

— Quand Taylor passe la nuit chez moi, je craque encore plus pour elle. Quand elle porte mes vêtements et dort dans mes bras, je meurs un petit peu. Et quand je la vois partir pour être avec ce crétin des alpes, je suis déchiré. Chaque jour est plus difficile que le précédent. Et ça me transforme en quelqu'un que je n'aime pas. J'ai failli cacher un appel manqué sur son téléphone. Je lui fais toujours des petits commentaires, comme quoi elle devrait être avec moi et pas avec lui. Je n'aime pas l'homme que je suis devenu.

Derek était sur le point de boire un coup, mais il baissa sa bière.

— Elle dort chez toi ?

— Parfois.

— Et elle veut toujours être avec lui ?

Je hochai la tête.

— Mec… Tu dois vraiment prendre du recul.

— Tu as raison.

— Il faut que tu prennes tes distances. Parce que si elle dort dans tes bras mais veut sortir avec quelqu'un d'autre, tu es foutu. Je suis désolé, mais ce n'est pas normal. Je ne dormirais pas avec Taylor pour ensuite faire comme si de rien n'était.

— Je sais.

C'était irrationnel.

— Tu surmonteras ça, mec. Je suis là pour toi.

— Je sais.

Heureusement que Derek était là.

SIX

Taylor

— Tout le monde prend sa place. Je ne veux pas voir de téléphone.

Les élèves entrèrent dans l'auditoire à la queue leu leu et s'installèrent. Leurs conversations bourdonnaient dans la petite salle. La plupart d'entre eux se taquinaient. Sur l'écran géant surmontant nos têtes, la présentation était sur le point de commencer.

— Et maintenant, c'est à notre tour de souffler, dit Volt en s'installant à côté de moi.

Nous nous appuyâmes contre le mur, à côté de l'escalier. Aucun élève ne pourrait se faufiler dehors puisque nous surveillions la sortie.

— Dieu merci. Je savais que cette sortie serait du boulot, mais je ne pensais pas que ce serait si éreintant. Heureusement que tu es là.

C'était un euphémisme. Volt était un cadeau du ciel. Il avait le truc avec les élèves et ceux-ci l'écoutaient sans qu'il ait besoin d'exercer son autorité. Les élèves l'admiraient immédiatement, probablement parce qu'il rayonnait d'assurance et de succès.

— Je suis ravi d'avoir pu t'aider.

Il avait les mains dans les poches de son costume, et se tenait à cinquante centimètres de moi. Nous n'avions pas reparlé depuis le lendemain du mariage, et quelque chose clochait. Il était plus silencieux que d'habitude, plus réservé.

— Tout va bien ?

— Ouais, je suis juste fatigué. Je ne me suis plus senti aussi épuisé depuis ma dernière année dans l'enseignement.

— Ça te manque ?

— Parfois. Pour le moment ? Non.

J'étouffai un rire.

— C'est pour ça que je redoutais cette sortie scolaire. Je savais que ce serait éprouvant.

— Avec le temps, ça devient plus facile. Et les élèves s'en souviendront pour toujours. C'est pour ça que ces sorties sont si importantes.

— Donc je forge leurs souvenirs ?

— C'est une bonne description.

L'amphithéâtre s'obscurcit et la présentation commença, projetant les étoiles du ciel tout en contant l'histoire de l'univers. Quand les élèves se turent, je sus que le sujet avait capté leur intérêt.

La présentation dura quarante-cinq minutes avant de se terminer. Les lumières se rallumèrent et les élèves bondirent de leurs sièges.

— La récré est terminée, soupira Volt. Rassemblons-les.

J'avais l'impression d'être un chien de berger entouré de mes moutons.

— Par ici. Allons-y.

Nous fîmes sortir les élèves de l'auditoire et visitâmes le reste du musée. Il comportait une véritable forêt vierge isolée du reste du bâtiment. Même l'humidité et la température étaient exotiques.

Les élèves s'emballèrent encore plus dans la forêt qu'au planétarium. Ils purent voir des lézards et des perroquets sur les branches des arbres. Des papillons voletaient d'un côté à l'autre, leurs ailes multicolores.

— Cet endroit est vraiment cool. Un peu chaud pour porter un costume, mais cool.

Volt marchait à côté de moi, à l'arrière de la file. Les douze élèves étaient toujours devant nous, ne quittant pas notre champ de vision.

— J'adore cet endroit. Je n'ai jamais vu autant de papillons.

— Et regarde leur taille, dit Volt en s'arrêtant devant une barrière pour regarder vers la canopée. Je n'en ai jamais vu d'aussi gros de ma vie.

— Je pense que c'est parce qu'ils ne viennent pas de New York.

Il gloussa.

— Ouais, tu as raison.

Un grand papillon blanc voleta vers nous. Il battit ses grandes ailes et s'approcha de Volt.

— Il vient droit sur nous, murmurai-je.

— Je sais… Ne bouge pas.

Le papillon atterrit sur l'épaule de Volt. Il continua à battre des ailes sur place.

— Ooh. Tu as tellement de chance !

Volt regardait le papillon du coin de l'œil.

— Je dois ressembler à un arbre. Merci… Je crois.

Je pris une photo avec mon téléphone.

— Je vais devoir la montrer à ta mère.

— Je suis sûre qu'elle va l'adorer.

Le papillon reprit son envol et remonta vers la canopée.

— Je crois que tu lui plaisais.

— Les femelles ont toujours un faible pour moi, dit-il en souriant. J'imagine que ça s'applique aux insectes aussi.

— De très jolis insectes.

Il se retourna et réalisa que nos élèves avaient disparu.

— On dirait qu'on les a perdus.

J'étais peut-être une prof débutante, mais je n'étais pas naïve.

— Non. Ils nous ont perdus.

LA SORTIE pédagogique se termina quand les parents vinrent chercher leurs enfants. Ils quittèrent le campus et rentrèrent chez eux. Je ne les reverrais pas avant lundi.

Heureusement.

— Je pense que c'était un succès, commenta Volt, debout à côté de moi sur le trottoir.

— Maintenant que c'est terminé.

— Non, c'était très réussi. Les élèves ont appris des tonnes de choses et ont passé du bon temps. C'était ton objectif et tu l'as atteint.

— Merci d'avoir été mon chaperon. Si je devais faire ça avec un des parents… pouah !

— Oui, ils peuvent être un peu collants.

Maintenant que nous étions sortis, il faisait plus frais. Son souffle s'échappait sous forme de vapeur. Il leva les yeux vers les arbres, et la lumière du lampadaire éclaira son visage. Après quelques secondes, il se retourna vers moi.

— Bon, ben… Profites-en jusqu'à la prochaine sortie.

— Sans faute. Tu veux aller manger un bout ?

L'heure du dîner était passée, et j'étais affamée.

Son visage s'illumina, comme s'il allait sauter sur l'occasion, mais son expression se volatilisa l'instant d'après. Il ferma la bouche, pinça les lèvres et regarda sa montre.

— Tu sais, je devrais sans doute rentrer. Ma mère m'a apporté à dîner ce matin et je devrais le manger. Je ne sais pas comment, mais elle sait quand je ne le mange pas.

J'attendis qu'il m'invite.

Mais un ange passa.

— Alors à un de ces quatre, dit Volt en levant une main vers moi.

— Quoi ? demandai-je en la regardant, ne sachant pas quoi faire.

— Tope-là ? m'encouragea-t-il en levant sa main. Tu sais ce que c'est, non ?

— Oh, fis-je en tapant dans sa main, même si nous n'avions jamais fait ça.

— À plus.

Il s'éloigna, les mains dans les poches. Pas une seule fois il ne me regarda, ou ne me fit signe. Il n'offrit même pas de me raccompagner, comme il le faisait toujours. Quelque chose clochait, et je ne savais pas quoi.

Étais-je en train de suranalyser ses réactions ? Voyais-je des choses qui n'existaient pas ?

Sachant que j'imaginais sans doute des choses, je tournai les talons et rentrai chez moi. Mes instincts étaient généralement bons, et je savais quand quelque chose n'allait pas.

Mais cette fois, je n'en étais pas sûre.

SEPT

Volt

J'enchaînais les rendez-vous.

J'invitais des femmes à sortir partout où je les rencontrais. Parfois dans un bar, parfois dans le métro, parfois sur une appli de rencontre. Manhattan était le berceau des plus belles femmes sur la planète, et j'avais la chance de les chasser dans leur habitat naturel.

Mais aucune ne me faisait de l'effet.

En fin de soirée, je savais que ça s'arrêterait là. Je les raccompagnais jusqu'à leur porte et leur faisais mes adieux. Sachant qu'il n'était pas question de sexe, je ne faisais même pas l'effort de les embrasser – et elles me désiraient d'autant plus. Elles faisaient de leur mieux pour me séduire et m'encourager à entrer chez elles.

Mais je ne mordais jamais à l'hameçon.

Qu'est-ce qui n'allait pas chez moi ?

Ma libido était au trente-sixième dessous. Les femmes étaient toutes plus sexy les unes que les autres, mais je n'arrivais même pas à bander. Leurs beaux visages, leurs lèvres charnues… Mais ma bouche n'avait aucune envie de les embrasser.

Je ne pensais qu'à Taylor.

J'étais foutu.

— Comment ça se passe, tes rencards ?

Derek était assis en face de moi. Nous nous étions retrouvés pour boire un verre dans un de nos bars habituels. Une mer de monde nous entourait, se fondant dans les ombres de la pièce obscure. C'était lui et moi ; le reste du groupe n'était pas de sortie.

— Terrible… Terrible.

— Tu n'es sorti avec personne ?

Il but sa bière puis prit quelques cacahuètes dans le bol sur la table.

— Je suis sorti avec *tout le monde*.

J'avais invité des mannequins, des patineuses, des journalistes, tout le monde.

— Et aucune ne t'a plu ? demanda-t-il, incrédule.

— Quelque chose ne tourne pas rond chez moi. Il n'y a rien qui cloche chez ces femmes. Elles sont toutes belles et sexy… Mais je m'en fiche. À la fin de la soirée, je leur dis adieu et je les quitte. Ça ne fait que les encourager à me courir après. En fait, moins je fais d'efforts, plus elles sont désespérées.

C'était un paradoxe fou.

— Tous les mecs du monde aimeraient rencontrer ce problème.

— Tous sauf moi.

— Alors… pas de second rencard ?

Je secouai la tête.

— De combien de rencards parle-t-on ?

— Je ne sais pas, répondis-je en haussant les épaules. Sept ?

— Tu es sorti avec une femme différente tous les soirs ? demanda-t-il, surpris.

— Parfois j'avais un double rencard sur la soirée.

Non... Je n'étais pas sorti tous les soirs.

— Incroyable..., fit-il en levant les yeux au ciel.

— Pas vraiment. Tu pourrais en avoir autant, si tu essayais.

Il poussa un rire sarcastique.

— Heu, non... Tout le monde ne peut pas faire ça.

— C'est facile si tu as assez d'assurance.

— Ouais... Si tu le dis. Tu es un beau minet, et on le sait tous.

— Je ne suis pas un beau minet, contrai-je. Je suis un homme.

— Ouais, c'est ça.

Il but sa bière puis balaya les clients du bar des yeux.

— Alors quoi ?

— Quoi, quoi ?

— Tu vas continuer comme ça ? demanda-t-il en zyeutant une brune dans un coin.

Seule une moitié de son cerveau semblait concentrée sur notre conversation.

— Je ne sais pas trop.

L'idée ressemblait plutôt à une torture. Dès que j'étais en face d'une femme à table, je la comparais à Taylor. Elles n'étaient jamais marrantes ou rigolotes comme

Taylor. Et elles ne semblaient jamais comprendre mon sens de l'humour. En fait, elles ne faisaient que me faire comprendre à quel point Taylor était géniale. Et je me détestais encore plus. Si j'avais sauté le pas quand j'en avais la possibilité, les choses auraient pu être différentes.

Mais j'avais été trop con pour agir.

— Tu ne peux pas jeter l'éponge.

— Mais je ne peux pas continuer comme ça.

— Je ne crois pas que tu aies l'esprit ouvert.

Il avait tapé dans le mille.

— Parce que ce n'est pas ce que je veux. Je sais déjà avec qui je voudrais être.

Il détourna les yeux de la brune et se concentra sur moi. Quand il plissa les yeux et resta muet pendant presque une minute, je sus qu'il allait me lancer une remarque irritante.

— Tu l'aimes ?

Ce mot chuta dans mon estomac et me donna la nausée.

— Non.

— Tu es sûr ? insista-t-il. Parce qu'on dirait.

— Je ne l'aime pas.

Je l'aimais bien, oui, et j'étais légèrement obsédé. Mais je ne pouvais pas aimer quelqu'un avec qui je ne sortais même pas. Je ne savais même pas si je pourrais un jour aimer quelqu'un. Après que mon cœur eut été brisé, j'avais complètement changé. Je faisais plus confiance à Taylor qu'à quiconque, mais ce n'était pas pour ça qu'elle ne me blesserait pas. Elle me faisait souffrir en ce moment-même.

— Je ne te crois pas.

— C'est marrant, ça, parce que je m'en balance.

Derek m'adressa un regard dur.

— Si tu l'aimes, et je pense que tu l'aimes, peut-être qu'il vaut mieux que tu lui dises. Si tu l'apprécies et c'est tout, c'est une chose. Mais si tu es follement amoureux, raide dingue d'elle, c'est une toute autre histoire.

— Je ne suis pas raide dingue d'elle.

— Tu en es sûr ?

— Absolument.

— Parce que tu étais sûr que tu n'en pinçais pas pour elle, avant…

— J'en suis sûr, répétai-je en évitant son regard.

— Bon, fit-il en lâchant le sujet. J'ai une collègue super sympa. Peut-être que je pourrais te la présenter.

— Je n'ai pas besoin qu'on m'arrange des rencards.

Je pouvais m'en sortir tout seul. Je pouvais avoir une tonne de rencards.

— Clairement, si. Je te dis que je sais déjà que cette femme est super. Donc tu ne tomberas pas sur une écervelée.

— Si elle est si cool, pourquoi n'as-tu pas tenté ta chance ?

— Crois-moi, j'ai essayé.

Si seulement je pouvais retourner à un temps où Taylor n'était qu'une femme comme les autres. Je me rappelais l'avoir rencontrée dans la rue, quand elle essayait de déchiffrer sa carte de New York. Je n'éprouvais alors aucun sentiment, et ce vide me manquait. Pourquoi ne pouvais-je pas l'effacer de ma mémoire et recommencer à zéro ?

— Je te jure qu'elle est vraiment cool. Et sexy.

— Cool comme Taylor ? Sexy comme Taylor ?

— Clair.

N'ayant rien à perdre, je décidai de me lancer.

— OK, je veux bien essayer.

— Excellente nouvelle, dit-il en trinquant.

JULIA ÉTAIT EFFECTIVEMENT TRÈS COOL. Elle travaillait comme programmeuse informatique dans la boîte de Derek, et aimait faire du vélo pendant son temps libre. Elle participait à des courses de vélo de centaines de kilomètres dans tout le pays et était apparemment assez douée. Elle était également très belle.

Mais je ne ressentais toujours rien.

Pendant le dîner, je me remis à penser à Taylor et me demandai ce qu'elle était en train de faire en ce moment. Nous n'avions pas beaucoup parlé cette semaine. Chaque fois qu'elle m'envoyait un message, je lui renvoyais des réponses courtes. J'avais évité de la voir à tout prix et, quand elle m'avait proposé de déjeuner ou de dîner, je lui avais répondu que j'étais occupé.

Elle ne méritait pas cette mise à distance, pas alors qu'elle avait toujours été une bonne amie. Mais je devais prendre du recul. Si je la voyais tous les jours, je n'irais jamais mieux. Je ne considérerais jamais Julia comme une femme incroyable qui méritait d'être connue, parce que je ne cesserais de penser à la femme que je ne pouvais avoir.

Avec le mal que je me donnais, je savais que j'étais sur la bonne voie.

Et je devais persévérer.

Je sortis deux fois avec Julia et nous passâmes du bon temps, mais je ne fis pas mine de l'embrasser ou plus. L'idée de l'embrasser me mettait mal à l'aise. C'était comme si je trahissais Taylor, ce qui n'avait aucun sens.

Cela dit, plus rien n'avait de sens.

HUIT

Taylor

À la fin de la journée, le proviseur entra dans mon bureau.

Le directeur Rosenthal et moi n'avions pas eu énormément de conversations depuis que je travaillais à la Bristol Academy. C'était lui qui m'avait embauchée mais, après ça, nous ne nous étions pas revus souvent. Il était occupé à faire tourner l'école, et j'étais occupée à enseigner dans ma classe.

— Bonjour, M. Rosenthal. Qu'est-ce qui vous amène ici ?

Je rassemblai les papiers sur mon bureau en une pile et éteignis l'écran de mon ordinateur.

Il ferma la porte derrière lui et s'approcha de mon bureau, les mains dans les poches. Il avait des yeux bleus très clairs, à la fois réconfortants et terrifiants. Sa mâchoire puissante était parsemée de poils gris et les traits de son visage me rappelaient quelqu'un, mais j'ignorais qui.

Son silence était troublant. Normalement, je l'avais toujours trouvé bavard et chaleureux. En ce moment, c'était un autre homme. J'avais l'impression d'être un enfant qui se faisait punir pour un crime qu'il n'avait pas commis.

— Bonjour, Mlle Thomas. Puis-je vous déranger quelques minutes ?

Il se pencha contre le pupitre d'un élève et me fit face, les bras croisés.

— Bien sûr. Je ne faisais que ranger mes affaires.

J'abandonnai la pile de devoirs sur le bureau, sachant que cette conversation était sérieuse. Je n'avais rien fait de mal, mais je ne pouvais me défaire de l'impression que si.

— Bon… Eh bien, j'ai reçu pas mal de commentaires de la part des parents.

Je sus alors que cette conversation serait terrible.

— Ah oui ?

— Et j'ai jeté un œil à vos deux derniers examens. Il semblerait que les élèves aient très bien réussi le premier, mais pas le second.

— Eh bien, j'avais le sentiment que le premier était trop facile.

— C'est peut-être le cas, mais certains de nos plus brillants élèves ont reçu des notes passables. Nous parlons d'élèves qui vont faire leurs études à Brown et à Columbia. Des élèves qui n'ont que des TB dans d'autres matières.

Ma nature défensive se réveilla immédiatement, et je le rembarrai.

— Eh bien, ils n'ont pas bien répondu aux questions. J'ai parfois l'impression que ces enfants s'imaginent qu'ils peuvent réussir un examen juste parce qu'ils pensent être quelqu'un, ou que leur famille est quelqu'un. L'examen était difficile mais équitable. Je pense qu'ils ont appris beaucoup, et qu'ils feraient mieux d'être prêts à ce genre d'examens dans le futur.

— Je comprends ce que vous cherchez à faire. Vraiment. Stimuler les jeunes esprits pour les préparer au monde réel. Mais je fais face à des parents inquiets qui ont peur que ces notes n'affectent leurs admissions à l'université. Et franchement, ce sera le cas.

La moutarde me montait vraiment au nez.

— Vous voulez que je leur donne de bonnes notes sans discrimination ?

— Ce n'est pas ce que j'ai dit, contra-t-il vivement. Mais je pense que cet examen était trop difficile pour des élèves de première.

— Ils sont presque à l'université. Leurs examens devraient être difficiles.

— Et c'est là que les devoirs entrent en compte. Mais quand je regarde cet examen, les questions étaient volontairement formulées pour tromper les élèves.

— Et qu'est-ce que fait le SAT, à votre avis ?

Ma colère bouillonnait juste sous la surface et je ne pouvais la brider. Quand j'avais accepté d'enseigner aux meilleurs cerveaux d'une école privée, je m'étais attendue à une classe d'enfants brillants. Je m'étais attendue à les pousser à des niveaux inégalés. Je m'étais attendue à leur donner une longueur d'avance, quelque chose que d'autres étudiants n'avaient pas la chance d'avoir.

Le directeur se racla la gorge et se frotta le menton.

— Mlle Thomas, je vous ai embauchée parce que je vous croyais qualifiée pour le poste. C'est toujours le cas. Mais vous manquez de recul. Vous vous intéressez à ces élèves, ce qui est une bonne chose. Mais votre approche n'est pas la bonne.

—Je fais de mon mieux pour préparer ces élèves à entrer dans la vie adulte. Comment puis-je réussir si je rencontre constamment des obstacles sur mon chemin ?

— Vous savez quel genre de plan de leçon développer. Vous savez quel genre d'examen faire passer. Tenez-vous en au protocole.

— Mais…

—J'ai l'intention de vous remplacer après les vacances de Noël.

J'étais bouche bée. Une douleur insoupçonnée me perça le cœur. Le souffle coupé, j'étais estomaquée. Mon cerveau s'emballa et je n'eus plus les idées claires.

— C'est un avertissement. Si les choses ne changent pas, votre contrat ne sera pas reconduit à la Bristol Academy.

J'avais perdu ma langue. Je n'en revenais pas de me faire virer après trois mois de travail. Je faisais vraiment de mon mieux. Mes élèves étaient très importants à mes yeux. Je voulais qu'ils entrent dans les meilleures universités et qu'ils réussissent dans la vie. Je ne voulais pas les voir ramer. Et je voulais qu'ils me remercient un jour.

— Les parents me sautent à la gorge à cause de ces mauvaises notes. Ils n'arrêteront pas tant que ça ne cessera pas. Ce n'est pas uniquement moi que vous allez devoir impressionner : ce sont eux. Bonne chance.

Il tourna les talons et sortit de ma classe. J'entendis ses pas résonner sur le carrelage du couloir. L'écho résonna jusqu'à ce que le son s'estompe.

Je me retrouvai seule.

JE PARVINS à rentrer sans verser une seule larme. Ma poitrine était comprimée et j'avais du mal à respirer. Ma langue était sèche et mes yeux humides. J'avais la nausée, et je me sentais faible.

Je me sentais vide.

Sans y réfléchir, je m'affalai sur mon canapé et sortis mon téléphone. Mes gestes étaient si fluides qu'ils étaient automatiques. Mon corps et mon esprit travaillaient de concert, à l'unisson.

J'appelai la première personne qui me vint à l'esprit. J'écoutai longtemps la sonnerie et attendis d'entendre sa voix au bout du fil. Ses mots m'apaisaient toujours, peu importe ma détresse. Il savait dire ce qu'il fallait dans chaque situation.

Parce qu'il était mon meilleur ami.

Mais je tombai sur sa messagerie.

Je n'étais jamais tombée sur sa messagerie. Pas une seule fois il n'avait ignoré un appel. Je me demandai s'il avait perdu son téléphone, ou s'il était sous la douche. Je ne voyais pas d'autre explication.

Je lui envoyai un message. *Appelle-moi quand tu peux. C'est important.* Je posai le téléphone sur la table basse et rejouai toute la scène dans ma tête. Ma douleur émanait de la frustration d'être traitée si injustement. Je faisais de mon mieux pour donner à ces élèves ce dont ils avaient besoin, mais tout ce dont les parents se souciaient, c'était de leurs notes. Ils n'avaient pas eu de bonnes notes parce qu'ils ne les avaient pas méritées. C'était aussi simple que ça.

Mes yeux s'humidifièrent.

Ma poitrine me brûlait à chaque inspiration.

Je refusais de pleurer. C'était stupide et inutile. C'était une preuve de faiblesse.

Mais je ne pouvais m'en empêcher. J'avais le cœur brisé.

Volt me rappela presque immédiatement. L'instant où il avait vu mon message sur son écran, il m'avait contactée.

Je décrochai sans attendre et raffermis ma voix.

— Salut.

— Salut, qu'est-ce qu'il y a ? demanda-t-il de sa voix grave. Tu vas bien ?

— Ouais…

Je triturai un fil qui était sorti d'un de mes coussins. Je l'enroulai autour de mon doigt encore et encore, cherchant à me concentrer sur n'importe quoi et non sur ce que je ressentais.

Sa voix s'adoucit en percevant ma détresse.

— On ne dirait pas…

— Tu pourrais venir chez moi ?

— Heu…

Sa voix s'éloigna un instant, et c'est là que j'entendis des bruits de conversations dans le fond. Il semblait être au restaurant.

— Ouais, j'arrive bientôt.

— Merci.

— De rien.

IL ENTRA chez moi sans toquer et me rejoignit sur le

canapé. Quand il vit les larmes dans mes yeux, il prit mon visage entre ses mains et essuya mes joues du revers de ses pouces. Au lieu de me bombarder de questions, il me dévisagea sans rien dire. Je pouvais voir ma détresse reflétée sur ses traits.

Je voulais tout lui raconter, mais je ne trouvais pas les mots. Le dire tout haut ne ferait qu'empirer la situation.

Il passa ses doigts dans mes cheveux puis m'attira dans ses bras. Son torse était plus confortable que tous les lits dans lesquels j'avais dormi, et sa chaleur m'apportait une certaine paix.

— Tu as rompu avec Sage ?

Au lieu de sembler déprimé, son ton de voix avait changé. J'y décelai de l'espoir.

— Non…

Je n'avais même pas pensé à lui une seule fois depuis que j'avais reçu la terrible nouvelle.

Les mains de Volt se figèrent sur mes joues, et son mouvement de recul m'indiqua qu'il ne s'était pas attendu à cette réponse. Il retira lentement ses mains et les posa sur ses cuisses, sans me toucher.

Et je me sentis encore plus mal.

Il baissa la tête, les yeux plissés et les lèvres pincées. Il s'éclaircit la gorge avant de me regarder de nouveau.

— Alors qu'est-ce qui se passe ? Qu'est-ce qui ne va pas ?

— J'ai perdu mon boulot.

Volt se figea en me dévisageant, incapable de digérer la nouvelle. Il lui fallut presque trente secondes pour réagir.

— Quoi ?

— Le directeur est venu me voir pour me dire que je ne faisais pas mon boulot. Trop d'élèves ont reçu de mauvaises notes à l'examen et, apparemment, ces élèves n'obtiennent jamais de telles notes. Il m'a dit qu'il me remplacerait après Noël si je ne changeais pas les choses.

— Alors tu n'as pas perdu ton boulot.

Son visage avait pâli, comme si cette nouvelle l'affectait autant que moi.

— Non. Mais je vais démissionner.

— Tu ne peux pas démissionner, Taylor.

— Si, je peux. Peut-être que je ne suis pas faite pour être prof. Peut-être que c'était une erreur.

— Ce n'est pas vrai, dit-il tout bas. Ceci n'a rien à voir avec toi.

— Ça a tout à voir avec moi.

— Écoute-moi, dit-il en prenant ma main et en entrelaçant nos doigts, me faisant sentir son pouls. Les écoles privées comme la Bristol Academy sont différentes du système qui t'a été enseigné. Elles ont des règles et des standards différents. Ça n'a rien à voir avec tes capacités d'enseignante.

— Je voulais seulement les stimuler. Je voulais les préparer.

— Et il n'y a aucun mal à ça. Mais dans la sphère privée, les choses sont bien plus contrôlées. Ce n'est pas un reflet de tes talents ou de ton manque de talent. Cette école est si politisée que ça te ferait exploser la tête. Pourquoi crois-tu que j'ai créé un programme de cours particuliers ? Parce qu'il existe de meilleures manières d'enseigner aux enfants que ce que le système scolaire t'autorise à croire.

Il me l'avait dit et redit, mais je ne l'avais pas écouté.

— Tu avais raison, Volt. J'aurais dû t'écouter.

— Ce n'est pas vrai…

— Bien sûr que si. Je le sais aussi bien que toi.

Il me décocha un sourire triste, comme s'il aurait préféré se tromper.

— Démissionner n'est pas la solution.

— Je ne peux pas y retourner.

— Ce serait mal vu sur ton CV si tu baissais les bras. Au moins, termine l'année.

— Je ne passerai pas le test de Noël.

— Ce n'est pas vrai.

— Si. Il dit qu'il cherche déjà à me remplacer.

— Si tu fais exactement ce qu'il te demande, ça n'arrivera pas. Je sais que tu es bouleversée, mais ce n'est pas une raison pour démissionner. Tu peux changer les choses.

Peut-être que oui. Peut-être que non.

— Je ne suis pas motivée pour changer les choses. Je ferais mieux de trouver un boulot dans un labo quelque part.

— Mais ce n'est pas ce que tu veux faire, Taylor. Je t'ai vue avec ces élèves. Tu tiens à eux.

— Bien sûr que je tiens à eux. Je les adore.

Même les plus chiants qui ne m'écoutaient jamais. Ils étaient tous uniques à leur manière, mais également merveilleux. Je voulais le meilleur pour eux, toujours.

— Alors ne baisse pas les bras.

— Je refuse de retourner travailler dans un endroit où je me fais microgérer. Ils vont surveiller mes moindres faits et gestes, et je vais m'emmêler les pinceaux.

— Je sais que ce sera pénible, mais tu peux y arriver.

— Ce n'est pas une question de *pouvoir*, Volt. C'est une question de *vouloir*.

Il serra ma main puis se pencha en avant pour me forcer à le regarder.

— Je ne pense pas que tu pleurerais si tu t'en fichais. Je ne pense pas que tu serais si stressée si ce n'était pas ce que tu voulais.

Il avait raison. Je donnais tout à ces gamins, et c'était comme si ça ne comptait pour rien. Ça me donnait un sentiment de défaite. Je travaillais pour gagner mon pain, comme tout le monde. Rien d'autre n'avait de sens ou d'importance.

J'avais l'impression d'être inutile.

— Bébé, écoute-moi, dit-il en m'attrapant par le menton pour m'obliger à le regarder. Tu peux t'énerver et pleurer un bon coup, ce n'est pas grave. Mais tu ne peux pas abandonner. Tu peux y arriver. Je le sais.

— Mais je ne serai jamais heureuse là-bas. Même si je change les choses, je serai toujours l'enseignante qui a failli se faire virer.

— Alors trouve un boulot ailleurs. Mais termine d'abord l'année.

J'ignorais si je pourrais regarder le directeur dans les yeux. Il faisait ce qu'il était censé faire pour le bien de l'école et de ses enseignants, mais je me sentais malade. La Bristol Academy était devenue mon chez-moi. Désormais, elle deviendrait ma prison.

— Taylor ?

Je tournai les yeux vers lui.

— Tu vas y arriver. Je vais t'aider.

— Et si je travaillais pour ton programme ? Je serais une excellente prof particulière.

Il sourit, comme si cette idée le tentait.

— Ce serait avec plaisir. Mais tu es faite pour enseigner, pas pour donner des cours particuliers.

— Mais il n'y aurait pas de politique. Ce sont des conneries !

— Je ne sais pas trop… Je serais ton patron.

— Tu sembles être un patron assez cool.

— L'herbe est toujours plus verte ailleurs.

Je chassai mes dernières larmes avec mon avant-bras. Mon maquillage avait coulé, mais je ne pouvais rien y faire. Volt m'avait déjà vue avec une plus sale gueule.

— Merci d'être venu.

— De rien. Tu sais que je serai toujours là pour toi.

— J'espère que je n'ai rien interrompu. On aurait dit que tu étais au restaurant.

Je ne lui demandai pas ce qu'il faisait – nous ne nous étions pas beaucoup vus récemment. Quand je lui envoyais des messages, ses réponses étaient toujours assez sèches. Et quand je lui demandais s'il voulait qu'on se voie, il me répondait qu'il était occupé.

— Ouais, mais ce n'est pas grave.

— Tu étais de sortie avec le groupe ?

— Heu, non. En fait, j'étais avec une femme.

Même si je ne m'étais pas attendue à cette réponse, je n'étais pas surprise. Ça expliquait qu'il ait pris ses distances. Il ne traînait plus aussi souvent avec moi parce qu'il passait du temps avec quelqu'un d'autre. Sa période d'abstinence devait être terminée.

— Une autre conquête à afficher au tableau ?

— Pas vraiment, répondit-il en lâchant ma main. On est sortis plusieurs fois. Je vais voir où ça mène.

Il sortait avec une femme ? Dans l'espoir d'avoir une relation ? À en croire ce qu'il m'avait dit, il semblait en être incapable. Il n'y avait pas deux semaines, il m'avait demandé de faire semblant d'être sa petite amie juste pour que ses parents lui fichent la paix.

Et maintenant il sortait avec quelqu'un ?

Quand nous nous étions rencontrés, j'avais éprouvé de l'attirance pour Volt. Il était l'homme le plus séduisant que j'aie jamais vu, et je nous avais imaginés dans des scenarii romantiques et sexuels. Mais quand j'avais compris qu'il était indomptable, juste un play-boy, je m'étais obligée à le voir différemment. Au lieu d'être un amant potentiel, il était devenu un ami. Et il n'avait jamais évolué en autre chose.

Mais cette nouvelle me dérangeait quand même.

— Alors elle doit vraiment te plaire.

J'avais tout oublié de ma situation au travail. Je m'en fichais : c'était insignifiant, en comparaison.

— Elle est assez cool, j'imagine, répondit-il en posant les coudes sur ses genoux, les yeux fixés sur le sol.

— Où l'as-tu rencontrée ?

— Derek nous a présentés. Il pensait que ça collerait entre nous.

— Et ça colle ?

Il hocha la tête.

— On peut dire ça.

Ce n'étaient pas mes affaires et je ferais mieux de tenir ma langue, mais c'était plus fort que moi.

— Je pensais que tu n'étais pas intéressé par les relations. Ni maintenant ni jamais ?

Il haussa les épaules.

— J'imagine que je suis plus ouvert à l'idée.

Mon cœur battait la chamade. Il faisait mal à chaque battement.

— Ah… tant mieux pour toi.

— Passer du temps avec Clay me fait réaliser que j'aimerais avoir des enfants, un jour. Mais il me faut une femme, pour ça.

Alors comme ça, il pensait au mariage ? Passant de la nuit au jour, il était devenu une tout autre personne. J'ignorais si c'était le même homme que celui que j'avais rencontré moins de trois mois plus tôt. Et il pensait à se marier et à fonder une famille… Des choses qu'il m'avait juré ne jamais vouloir.

Qu'est-ce qui avait changé ?

— Je suis heureuse pour toi, dis-je d'une voix qui se fêla, probablement suite à mes pleurs. J'aimerais vraiment la rencontrer.

— Peut-être qu'on pourrait organiser un double rencard.

Il s'adossa contre le canapé et croisa les bras.

— On devrait. Tu es libre samedi ?

Maintenant que je savais qu'il en pinçait pour cette femme, je voulais la rencontrer. Je voulais savoir ce que Volt cherchait chez une femme. Jusqu'alors, je ne l'avais vu qu'avec des mannequins pour des coups d'un soir. Qu'est-ce que cette femme avait de si incroyable pour pouvoir le faire changer d'avis du tout au tout ?

Il tressaillit en entendant ma réponse, comme s'il ne s'était pas préparé à mon accord.

— Tu veux organiser une sortie à quatre ?

— Pourquoi pas ? Tu as rencontré tous mes copains. Je ne devrais pas rencontrer la femme de tes rêves ?

— Elle n'est pas la femme de mes rêves, rétorqua-t-il en me regardant dans les yeux.

— Elle doit l'être. Qu'est-ce qui te motiverait à devenir monogame, sinon ?

Volt se voilait généralement la face, mais il semblait avoir enfin affronté ses sentiments.

— Je t'avais dit que quand tu rencontrerais la bonne, toute ta vie changerait ! Elle fera de toi un autre homme – mais en bien. Je te l'avais dit.

— Je suis sorti trois fois avec elle. Je n'ai jamais dit que j'étais amoureux.

— Mais tu ne sors jamais avec une femme, non ?

Il soupira, irrité.

— Écoute, je ne fais que tester les eaux. Ça ne veut pas dire que je vais épouser cette femme. Ça veut dire… ce que ça veut dire.

— Alors je verrai ce qu'il en est samedi.

Il soupira de nouveau, avant de se détourner.

La journée était bien pire que je ne l'avais imaginé. Je risquais de perdre mon boulot, et maintenant Volt cherchait du sérieux avec une femme. Ça me dérangeait d'une manière que je ne pouvais m'expliquer. Je n'éprouvais plus rien pour lui, mais ç'avait été le cas à une époque. J'avais fantasmé de sentir ses lèvres partout sur mon corps. J'avais imaginé ses doigts glissés dans mes cheveux. Le fait que nous soyons si bons amis et qu'il ne m'ait pourtant jamais considérée comme une petite amie potentielle me blessait.

Mais je devais l'oublier.

Il ne m'avait jamais vue comme je le voyais, lui. À ses yeux, j'avais toujours été la pauvre fille perdue dans la Grosse Pomme. J'étais la prof qui s'habillait comme une hippie. J'étais l'amie vers qui il pouvait se tourner pour tout – et rien de plus.

— Tu devrais retourner à ton rencard. Si j'avais su, je ne t'aurais pas dérangé.

Je remontai mes genoux vers ma poitrine et me refermai comme une coquille. Je me sentais gênée de l'avoir appelé à la rescousse au milieu d'un rencard.

— Tu ne me déranges jamais, Taylor.

— Tu dis ça pour me faire plaisir… mais merci.

Il s'approcha de moi sur le canapé et passa ses bras autour de mes épaules.

— Tu sais que c'est faux. Ma place est ici – à côté de toi.

Il m'attira contre son flanc et posa ma tête sur son épaule.

Sa proximité était si douce que je pus enfin respirer correctement. Je cessai de penser au travail et à la migraine qui allait avec. Tout ce qui m'importait, c'était à quel point je me sentais en sécurité. Volt chassait mes soucis d'un coup de baguette magique. Il savait toujours quoi dire et quand le dire.

Je passai mon bras sous le sien et écoutai son souffle régulier. Nous regardions l'écran éteint de la télé, et pouvions y voir notre reflet. Sa tête était posée sur la mienne, et son t-shirt moulait ses épaules musclées et son torse puissant. Son menton était lisse – il devait s'être rasé ce soir-là – et son odeur habituelle m'enveloppa, l'odeur de ma bougie préférée.

Je voulais rester contre lui pour toujours.

Le temps semblait se figer quand nous étions tous les deux. Rien ne pouvait pénétrer notre bulle. C'était lui et moi contre le monde entier. Nous nous comprenions à un niveau inné, plus profondément qu'avec quiconque dans ma vie.

— Taylor ?

Sa voix grave résonna contre mon oreille et me donna un sentiment de paix.

— Ouais ?

Il tourna légèrement la tête pour voir mon expression. Son haleine réchauffait ma peau, accueillante.

— Pourquoi n'as-tu pas appelé Sage ?

Sa question plana dans l'air, sans réponse. J'avais bien entendu mais ne comprenais pas sa question.

— Qu'est-ce que tu veux dire ?

— Pourquoi m'as-tu appelé moi, et pas lui ?

— Je ne sais pas. Je n'ai pas réfléchi.

Quand j'étais bouleversée, je me fiais à mes instincts. Mon corps n'en faisait qu'à sa tête, faisait ce qu'il fallait pour survivre. Volt était la première personne qui m'était venue à l'esprit. Et non Sage, ni même Sara. Volt et seulement Volt.

— Pourquoi ?

Il resta muet, immobile, retenant son souffle. Il finit par frôler mon visage en reportant son attention vers l'écran vierge. Nos yeux se croisèrent dans notre reflet et nous restâmes sans bouger.

— Pour rien.

SAGE et moi étions assis côte à côte à la table du restaurant. Volt et son amie n'étaient pas encore arrivés, et nous étions assis dans un silence tendu. Sage n'était pas lui-même. Il ne disait pas grand-chose et, quand je lui posais une question, il n'avait rien à dire.

La corbeille de pain était posée, intacte, entre nous. Le beurre était mou, le fromage venait d'être râpé. Deux verres de vin rouge avaient été versés, mais nous n'y avions pas touché.

— Tout va bien ? demanda-t-il.

Je ne cessais de me tourner vers la fenêtre pour guetter leur arrivée. Je voulais savoir à quoi cette Julia ressemblait. Était-elle blonde ? Brune ? Rousse ?

— Ouais, ça va.

— Tu sembles nerveuse.

— Je suis fatiguée, c'est tout.

Et je ne me sentais pas à ma place. J'ignorais pourquoi j'étais si nerveuse de rencontrer la petite amie de Volt. J'avais déjà rencontré des tas d'inconnues. Ce ne serait pas différent.

— Qui a eu l'idée de ce double rencard ?

— Lui.

Mais j'avais insisté.

— C'est assez bizarre, non ?

— Pourquoi est-ce bizarre ? demandai-je en posant enfin les yeux sur lui.

Il but son vin pour masquer son malaise, avant de le reposer sur la table.

— Oh, c'est rien.

— Tu peux me le dire.

Il se redressa sur sa chaise comme s'il s'apprêtait à ma répartie.

— Je pense qu'il en pince pour toi, et que c'est une manière détournée et complexe de faire comme si ce n'était pas le cas.

Sage n'avait jamais vraiment cessé de douter des intentions de Volt.

— Pourquoi est-ce si difficile de croire qu'on est juste amis ?

— Parce que vous êtes tous les deux hétéros.

— Tu dois vraiment abandonner ce sujet.

— Il n'y a rien à en dire, dit-il calmement. Je pense qu'il en pince pour toi. Tu peux croire ce que tu veux, mais je sais ce que je vois. Je ne suis ni jaloux ni fâché. Mais je ne suis pas idiot. Peut-être qu'un jour tu t'en rendras compte. Peut-être pas.

— Si Volt avait des sentiments pour moi, il me l'aurait dit il y a déjà longtemps.

Sage ne réagit pas, ce qui m'indiqua que la conversation était terminée.

— Comment s'est passée ta semaine au boulot ?

— Ça a été…

Je lui avais parlé de ma mauvaise journée quelques jours plus tôt, et il m'avait rassurée tout comme Volt l'avait fait.

— Tu verras, ça ira mieux. Tu dois persévérer.

— Plus facile à dire qu'à faire.

— Tout ira bien en fin de compte. C'est toujours le cas.

— Et ta semaine à toi ?

— Assez bonne, répondit-il. Les Yankees ont gagné, donc tout le monde est content.

Je gloussai.

— Tu vois la vie en rose.

— J'aime le rose, répondit-il en haussant les épaules.

Volt entra dans le restaurant et je tendis immédiatement le cou dans sa direction. Une femme l'accompagnait, et je n'étais pas préparée à sa beauté. C'était une grande brune, presque aussi grande que lui. Elle portait une jupe longue et un top qui dévoilait la peau de son ventre plat. Sa peau brune lui donnait un air exotique. Ses cheveux bruns étaient longs et brillants. Ses yeux pétillaient et son sourire était parfait. Sans autre information, je sus que cette femme était mannequin.

Aucun doute.

Volt et elle s'approchèrent de notre table et il me fallut une seconde pour me forcer à me lever. Je perdis l'équilibre, déroutée. Sa beauté m'avait forcée à prendre du recul.

Sage posa les yeux sur elle et la regarda plus longuement que nécessaire.

Je voulais être fâchée, mais je ne pouvais lui en vouloir. Elle était sublime.

Volt se tourna vers Sage et leur aversion mutuelle sonna comme un tintement de cloche dans l'air. Il lui tendit la main.

— C'est un plaisir de te revoir.

— Pareillement, répondit Sage en serrant brièvement sa main.

Maintenant, je me sentais conne de porter une vieille robe et des chaussures plates. Mes cheveux étaient raides parce que je n'avais pas pris le temps de me coiffer. J'étais un thon comparé à cette bombe. Si seulement je pouvais cesser de me comparer à elle… Je n'avais encore jamais fait ça.

— Salut, dit Volt en se tournant vers moi sans me toucher.

— Coucou.

Mon enthousiasme mourut dans ma gorge. Pour une raison que je ne m'expliquais pas, je ne voulais plus le voir. Je me sentais mal.

— Je vous présente Julia, dit-il en se tournant vers son amie.

— Bonsoir, Julia.

Sage s'avança vers elle et lui serra la main bien plus longuement que celle de Volt. Il se racla la gorge et fit un pas en arrière, baissant les yeux vers le sol puis vers les clients du restaurant.

— Bonsoir. C'est un plaisir de te rencontrer, dis-je en serrant sa main, me sentant plus moche à mesure que je m'approchais d'elle.

— Toi aussi. Volt m'a tant parlé de toi.

Elle avait un accent espagnol. Je ne pouvais déterminer d'où exactement. Ce n'était pas de l'espagnol traditionnel. Plutôt d'Amérique du Sud.

— En bien, j'espère, gloussai-je.

— Pour la plupart, oui, intervint Volt. Mais pas uniquement, ajouta-t-il en me lançant un clin d'œil.

Son clin d'œil me mit du baume au cœur – pendant une seconde.

Nous nous assîmes et parcourûmes nos menus. Volt était assis juste en face de moi, et je ne cessais de lui jeter des coups d'œil à la dérobée. Je me demandais où étaient ses mains et si elles vagabondaient ou pas.

Julia posa sa main sur sa cuisse, sous la table.

— Qu'est-ce que tu vas prendre ?

— Je ne sais pas encore, répondit-il. Et toi ?

Sage ne cessait de la dévorer des yeux. Quand il but une gorgée de vin, il en renversa sur sa chemise.

C'est à ce moment-là que je remarquai que tous les hommes du restaurant la reluquaient.

Volt leva les yeux et croisa mon regard. Comme s'il ne voulait pas être surpris en train de me regarder, il détourna rapidement les yeux.

Peut-être que ce double rencard n'était pas une si bonne idée, après tout.

JULIA PASSA un bras sous le sien quand ils sortirent du restaurant ensemble. Elle se cramponnait à lui comme de la colle. Elle murmura quelques mots à son oreille, et elle gloussa en voyant sa réaction.

Nous nous fîmes face sur le trottoir, prêts à nous souhaiter une bonne soirée.

— Eh bien, c'était sympa de vous rencontrer.

Elle pressait ses seins sur son bras, tant elle était blottie contre son flanc.

— Toi aussi, répondis-je en souriant.

— Ouais…, fit Sage en se frottant la nuque, avant de se racler la gorge.

— Alors bonne nuit.

Je n'avais pas eu l'opportunité de parler à Volt en privé, et je ne pensais pas qu'elle se présenterait.

— Toi aussi.

Volt tourna les talons, Julia à son bras. Ils s'éloignèrent et se fondirent dans la foule de passants.

Je me tournai vers Sage et le sentis me prendre la main.

— Tu crois toujours qu'il sort avec elle juste pour me faire croire qu'il n'en pince pas pour moi ?

N'importe quel homme qui posait les yeux sur elle saurait qu'elle était à tomber. Je n'avais jamais vu une femme si belle, à part à la télé.

— Plus maintenant, pouffa-t-il.

NEUF

Volt

Julia ne me lâcha pas la main. Elle la serra durant tout le trajet jusqu'à chez elle. Je la sentais se presser contre moi de plus en plus fort, comme si elle comptait me grimper dessus. Son désir suffisait à me brûler la peau et à faire bouillir mon sang.

J'étais dans la merde jusqu'au cou.

Je la ramenai jusqu'à son appartement avec l'intention de la saluer sans entrer, mais elle avait clairement autre chose en tête. Elle enroula ses bras autour de mon cou avant de me donner un lent baiser.

Le baiser était agréable. Elle savait comment remuer la bouche et faire fondre un homme. Mais ce n'était rien comparé aux baisers que j'avais partagés avec Taylor – assez passionnés pour meurtrir nos lèvres. La chaleur que nous dégagions aurait suffi à incendier un marais. J'avais connu tant de femmes dans ma vie, mais il n'y en avait qu'une qui renversait mon univers.

Et ce n'était pas Julia.

Je mis fin à notre baiser avant que les choses ne dégénèrent. Julia était une femme extra et tous les mecs du monde tueraient sans doute pour être à ma place. Et après ce que je m'apprêtais à faire, ils me prendraient tous pour un idiot.

— Merci pour ce dîner.

Elle me dévisagea d'un air affamé.

— Entre.

Sa proposition était sexy car elle n'était pas désespérée. Nous étions sortis ensemble à plusieurs reprises et elle ne m'avait encore jamais sauté dessus. Elle était vraiment prête.

Mais pas moi.

Si je me glissais dans son lit, je penserais à une autre. Et ce serait vraiment moche. Je ne pouvais pas coucher avec une femme en prétendant que c'en était une autre. Quoi que je fasse, je ne pourrais me sortir Taylor de la tête. Apprendre à connaître Julia était censé m'aider à l'oublier. Mais, au contraire, je la désirais encore plus.

— Je suis flatté, mais je ne pense pas que ce soit une bonne idée.

Mieux valait en rester là avant de se faire du mal.

— Pourquoi pas ? demanda-t-elle sans baisser ses bras.

— C'est juste que… Je ne te rappellerai pas. Et ce ne serait pas juste envers toi.

J'avais hésité, mais ce serait pire de lui dire la vérité.

Au lieu d'être blessée, elle me regarda droit dans les yeux. Cette femme avait une assurance inébranlable.

— C'est elle, n'est-ce pas ?

— Elle qui ?

— Taylor.

Merde ! Comment une personne qui me connaissait depuis à peine une semaine pouvait-elle percer à jour mes sentiments ?

— Je ne vois pas de quoi tu parles.

— Si, tu sais. J'ai vu comment tu la regardais. Je vois bien qu'il y a anguille sous roche.

Au lieu de sortir les griffes, elle sourit.

Puisque j'avais été pris sur le fait, je refusai de mentir.

— J'essaye de l'oublier. Rien n'y fait.

— Pourquoi essayes-tu de l'oublier ?

— Parce que je ne peux pas être avec elle.

— Qui a dit que tu ne pouvais pas ? Si tu veux quelque chose, va le chercher.

— Au cas où tu ne l'avais pas remarqué, elle sort avec quelqu'un.

Si seulement j'avais rencontré Julia en premier. J'adorais son attitude et sa vision simple du monde. Quand elle voulait quelque chose, elle se servait – comme elle le faisait maintenant. Elle était belle et intelligente, et elle excellait dans toutes les autres catégories. Si nous nous étions rencontrés avant que Taylor n'entre dans ma vie, les choses auraient pu être différentes.

— Alors fais tout pour qu'elle cesse de le voir.

— Genre, les forcer à rompre ?

Elle haussa les épaules.

— Il faut ce qui faut, pas vrai ?

— Non. Ce n'est pas mon genre.

— Tu n'es pas un battant ? demanda-t-elle.

— Il lui plaît vraiment. Je ne vais pas m'immiscer entre eux et lui voler quelque chose qui la rend heureuse. Ce n'est pas mon style.

— Elle sait ce que tu ressens ?

Je secouai la tête.

— Alors tu ferais mieux de tourner la page.

— J'ai essayé… en vain.

— Non, tu n'as pas vraiment essayé.

Elle sortit sa clé et ouvrit la porte de son appartement. Elle s'appuya contre le battant, un sourire sexy sur les lèvres. Puis elle leva son doigt et m'invita à l'intérieur.

Je restai de l'autre côté de la porte.

— Je vais t'aider à l'oublier, Volt.

— Ça m'étonnerait…

Taylor était comme encrée dans ma peau. Comme une cicatrice qui refusait de disparaître. Il n'y avait pas d'avenir entre nous, et je devais la laisser aller. Mais chaque fois que j'essayais, je me raccrochais davantage.

— Qu'est-ce que tu vas en retirer ?

— Un orgasme du tonnerre, j'espère, sourit-elle en me tirant dans son appartement.

— Ça, je peux te l'assurer. Mais je ne peux pas coucher avec quelqu'un en pensant à une autre. Et c'est ce qui va se passer.

— Et ça ne me dérange pas, dit-elle en m'entraînant dans sa chambre. Crois-moi. Tu l'oublieras vite.

J'espérais qu'elle avait raison. Jamais je n'avais autant espéré quelque chose dans ma vie.

JE M'INSTALLAI à notre table habituelle, avec deux muffins sur des soucoupes. Deux tasses de café fumantes attendaient à côté des assiettes. Je regardais ma montre toutes les quelques minutes, impatient.

Taylor fendit la foule et se dirigea dans ma direction. Elle portait un jean moulant, des bottes à talons et une veste brune accessoirisée d'une écharpe rose. Ses cheveux étaient bouclés, ce qu'elle faisait rarement.

J'étais censé me montrer indifférent. Mais je la trouvais plus belle que jamais.

— Salut, dit-elle en s'asseyant sur la chaise d'en face, avant de ramener ses cheveux par-dessus une épaule.

Nous ne nous étions pas parlé de la semaine, et je l'avais uniquement contactée parce que je m'inquiétais pour elle. Et… elle me manquait vraiment. Passer du temps avec Julia ne semblait rien y changer. Mon cœur appartenait à la femme qui me faisait face, et je ne pouvais rien y faire.

Ça craignait.

— Coucou.

— Merci pour le muffin, dit-elle en rompant un morceau sans attendre.

— De rien, dis-je avant de boire mon café, juste pour m'occuper. Comment se passe le travail ?

C'était une question que je redoutais, mais je devais la poser.

— C'est… Blah.

Elle soupira et ne termina pas la phrase.

— Blah ? Je ne sais pas si c'est un mot.

— C'en est un, contra-t-elle. Et il décrit parfaitement ma journée.

— Je suis sûr que les choses s'arrangent. Tiens-t'en au

curriculum et aux standards du tronc commun, et tout ira bien. Et je t'aiderai pour le prochain examen.

— Ce n'est pas ça. Tout le personnel de l'école me déteste, maintenant. Ils pensent que je suis incompétente.

— Bien sûr que non.

— Bien sûr que si, reprit-elle. Nat me l'a dit.

Pourquoi dirait-elle une chose pareille à son amie ?

— On s'en fout, de ce qu'ils pensent.

— Moi je ne m'en fous pas, lâcha-t-elle. Je travaille avec ces gens tous les jours. Bien sûr que je m'en soucie.

— Eh bien, tu ne devrais pas. Tu es une très bonne prof, et tu sais que je sais de quoi je parle.

J'aurais voulu tout arranger pour elle, mais c'était hors de mon contrôle. Je ne voulais pas dire à mes parents que Taylor était l'enseignante de la Bristol Academy qui donnait tant de fil à retordre à mon père. Ça créerait trop d'histoires, et je préférais laisser les choses se calmer d'elles-mêmes. Quoi qu'il en soit, quand ils l'apprendraient, les choses seraient tendues. Mais nous nous occuperions de ce problème en temps voulu.

— Ne laisse pas leur opinion te déranger. Concentre-toi sur tes objectifs, et fais ce que tu dois faire.

Elle cessa de manger son muffin et s'affaissa sur sa chaise.

— Je veux démissionner, Volt. Je vivrai sur mes économies s'il le faut. Au point où j'en suis, je m'en fous.

— Tu ne vas pas démissionner.

— Si. Je déteste mon boulot.

— Taylor, écoute-moi.

J'allais lui donner des conseils avisés, et je voulais qu'elle les suive.

— Termine l'année puis pose ta candidature pour d'autres boulots. Ce sera très difficile de décrocher un autre boulot s'ils savent que tu as démissionné en cours d'année scolaire. Genre, pratiquement impossible.

— Je peux trouver un boulot dans un autre domaine. Ce n'est pas la fin du monde.

— Mais l'enseignement est ta passion !

— Ha ! cracha-t-elle en mordant dans son muffin. Mais l'enseignement ne m'aime pas.

— Bébé, ne baisse pas les bras.

Je fis la grimace en m'entendant parler, et je dus me retenir d'enfouir mon visage entre mes mains. Je n'avais jamais fait autant de faux-pas, mais je déblatérais ce mot à tout bout de champ. Je n'appelais personne par ce petit nom.

Mais Taylor était trop bouleversée pour y prêter attention.

— C'est un environnement hostile et je ne veux pas y être.

— Tu ne vas pas démissionner, point final.

Elle se concentra sur son muffin dans un silence boudeur. Son irritation imprégnait l'air autour d'elle, jusqu'à créer un brouillard impénétrable.

— Julia était sympa.

C'était étrange, de parler d'elle. Je me sentais coupable, comme si j'avais fait une chose impardonnable. J'avais couché avec Julia, pas une fois, mais plusieurs. Le sexe était agréable, mais je ne cessais de penser à Taylor. Quand c'était terminé, j'étais insatisfait. Je devais rompre sans plus attendre. Ça ne menait nulle part, et je lui faisais perdre son temps. Mais c'était une pensée déprimante. Si je ne pouvais pas l'oublier avec Julia, il n'y avait aucun espoir.

— Elle est géniale.

— Vous avez l'air heureux.

— Elle est belle et tout, fis-je en haussant les épaules. Mais… Je ne crois pas que ça va marcher.

— Pourquoi pas ? demanda-t-elle, surprise.

Si seulement je pouvais lui dire la vérité… Je me débarrasserais du fardeau qui écrasait mon cœur, et mon sort serait entre ses mains. Je ne devrais plus lui mentir en permanence.

— On est incompatibles. Elle est un peu trop collante pour moi.

— Ah bon ? Elle a l'air incroyable. Même Sage la dévorait des yeux.

— Parce que c'est un bon à rien qui ne te mérite pas.

J'avais craqué, et j'étais passé en mode agressif. Je me fichais bien qu'il regarde Julia. Ce qui me rendait dingue, c'était qu'il n'ait pas d'yeux que pour Taylor.

Taylor ne tressaillit pas. Elle avait l'habitude de mes crises.

— Un homme ne devrait jamais regarder ailleurs, Taylor. C'est n'importe quoi.

— Je ne lui en veux pas. Julia est sans doute la plus belle femme que j'aie jamais vue.

— Bah ! dis-je avec un rire sarcastique. J'ai déjà vu mieux.

— Quoi ? s'étonna-t-elle en haussant les sourcils.

— Rien, répondis-je vivement.

Je devais vraiment ravaler tous ces commentaires agressifs et changer de sujet.

— Tu ne devrais pas sortir avec un homme qui reluque d'autres femmes devant toi. Il ne devrait avoir d'yeux que pour toi.

— Je sais. Mais Julia était juste sous son nez. Ce n'est pas comme s'il avait le choix.

— Pourquoi lui trouves-tu des excuses ?

Ma colère refaisait surface. J'étais un gars raisonnable, mais quand Taylor tolérait de pareils toquards, je pétais un plomb.

— Calme-toi. Si tu avais été à sa place, tu l'aurais matée aussi. Ne fais pas comme si c'était faux.

Je la regardai droit dans les yeux sans ciller.

— Si j'étais avec toi, je ne saurais même pas qu'il y avait d'autres clients dans le restaurant. Je ne saurais pas si c'était le matin ou le soir parce que je serais trop occupé à te regarder pour remarquer le soleil ou la lune. Si j'étais avec toi, je serais aveugle au monde et à tout ce qui m'entoure, parce que tu serais la seule chose que je verrais.

Elle me regarda sans rien dire, soutenant mon regard sans ciller. Une mèche de cheveux voleta dans la brise, mais elle ne la glissa pas derrière son oreille comme elle le faisait d'habitude.

J'avais encore jeté un froid sur notre conversation, comme toujours. C'était si frustrant de vouloir une femme qui ne voulait pas de moi. Je n'avais jamais connu un tel défi. Je ne voulais pas me vanter, mais je n'avais jamais rencontré de femme qui se refuse à moi. Et maintenant, la seule femme sans qui je ne pouvais vivre ne me remarquait même pas. Je ne pouvais pas l'oublier en sortant avec une autre – j'étais dans la merde jusqu'au cou.

Taylor ne dit rien. Soit elle était irritée, soit elle était mal à l'aise. Peut-être avait-elle des doutes quant à mes sentiments. Elle devait être vraiment aveugle pour ne pas avoir compris. Je n'avais pas dormi avec elle parce que je n'avais rien de mieux à faire. Je ne détestais pas ses copains parce que je voulais la protéger. Je ne passais pas tout mon temps avec elle parce que je n'avais pas d'autres amis.

Le silence s'étira une minute de plus, et je savais que je ferais mieux de le briser.

— Désolé. Je ne supporte pas l'infidélité. Drew était un gros con, et Sage ne sait pas se tenir. Ça me dérange.

— C'est une chose de regarder, une autre de toucher.

Mais si j'étais avec elle, je ne regarderais pas et je ne toucherais pas.

— Qu'est-ce que tu fais ce week-end ?

Je me fichais bien de sa réponse, mais je voulais changer de sujet. C'était de plus en plus tendu.

— Je n'ai pas grand-chose de prévu, mais vendredi, je vais rencontrer des amis à Sage. C'est son anniversaire, donc on sort dîner.

Donc les choses devenaient plus sérieuses. Avait-elle couché avec lui ? Je me mordais les doigts rien qu'à y penser. Qu'importe, et je ne poserais pas la question car je ne supporterais pas la réponse.

— Qu'est-ce que tu vas lui offrir ?

— Je ne sais pas encore. Je n'ai pas d'idée.

J'avais quelques idées, mais elles étaient toutes de nature sexuelle. Et je ne voulais pas qu'elle le touche.

— Tu pourrais lui faire quelque chose.

— Je ne suis pas très manuelle.

— Tu fais tout le temps des trucs dans ta classe.

— Ouais, mais ce sont des montages scientifiques. Ça m'étonnerait que ça plaise à Sage.

— Tu trouveras quelque chose. Tu ne peux pas te tromper en lui offrant un billet pour un match.

— Hmmm… C'est une bonne idée, dit-elle, songeuse. Il est fan des Yankees. Aller à un match devrait lui plaire.

Maintenant, je me maudissais d'avoir eu cette idée.

— Et voilà…

Elle sortit son téléphone et se mit à chercher des tickets.

— Voyons… Il y a un match dimanche soir. C'est parfait.

Au moins, elle ne lui offrait pas une pipe.

— Merci pour l'idée.

— De rien, dis-je en évitant de grincer des dents.

— Qu'est-ce que tu fais ce week-end ?

Plein de rien.

— Rien du tout.

— Tu voudrais qu'on se voie samedi ?

Merde ! Je n'aurais pas dû dire ça.

— Peut-être.

Passer du temps avec elle ne ferait que me blesser davantage. Devrais-je déménager ? Était-ce la seule solution ? Ma société se développait, donc peut-être pourrais-je la lancer ailleurs.

— Peut-être ? répéta-t-elle en riant.

— Je vois peut-être Julia. Je ne sais plus.

— Je pensais que tu allais rompre.

— J'ai dit que j'y pensais.

— Je crois que tu devrais lui donner une autre chance. Des femmes pareilles, ça ne court pas les rues.

Les femmes comme toi ne courent pas les rues.

— On verra où ça nous mène.

Elle termina son muffin puis ramassa son café.

— Bon, je devrais rentrer. Je dois nettoyer et faire de la lessive.

J'étais triste de la voir partir, mais également soulagé. La distance était essentielle. Quand j'étais avec elle, j'étais à l'aise. Il n'y avait que nous deux. C'était comme rester assis devant un feu de cheminée. Je ne voulais pas partir. Mais je me levai et jetai mes restes à la poubelle.

— J'ai des trucs à faire aussi. Bonne fête d'anniversaire.

— Merci.

Elle passa son sac sur son épaule et me décocha son plus beau sourire. Il illuminait tout ce qui l'entourait. Un phare qui éclairait toute la ville. Après m'avoir fait un signe de la main, elle s'éloigna en se déhanchant. Je n'étais pas le seul à mater son derrière quand elle se retourna. Toutes les têtes se tournèrent dans la rue.

Le monde entier se retourna.

– QU'EST-CE qui t'amène ici ? demandai-je en voyant Derek debout devant mon bureau.

— Je passais te voir en rentrant.

Ça ne lui ressemblait pas, à part s'il voulait quelque chose.

— Quoi de neuf ?

— Comment ça se passe, avec Tayz ?

— Mal, répondis-je en m'adossant contre mon fauteuil, les bras croisés.

— Quoi ? Julia m'a pourtant dit que vous vous entendiez à merveille.

— Pouah ! fis-je en passant mes mains sur mon visage. Elle a vraiment dit ça ?

— Ouais. Tu veux dire que tu sors avec cette bombe et que tu n'as toujours pas oublié Taylor ?

C'était embarrassant de le reconnaître à voix haute.

— Je ne sais pas ce qui ne tourne pas rond chez moi.

— Allez, mec !

— Je vais rompre avec Julia.

— Quoi ? hurla-t-il. Tu es fou ?

J'étais cinglé. *Putain, j'étais complètement malade.*

— Ouais. J'ai essayé de ne plus penser à elle, mais rien n'a changé. Taylor est constamment dans mes pensées.

— Tu as couché avec Julia ?

Ce n'étaient pas ses oignons, mais je hochai la tête.

— Et rien ? demanda-t-il, incrédule.

— Je te l'ai dit : je suis condamné.

— Non, tu dois être homo.

Je ramassai l'agrafeuse et fis mine de la lancer dans sa direction.

— Holà, doucement ! fit-il en levant les mains. Calmos.

— Je suis tout sauf calme, là, dis-je en reposant brutalement l'agrafeuse. Je suis foutu. Je suis plongé dans la merde jusqu'au cou, impossible d'en sortir.

— Peut-être que tu ferais mieux de lui dire ce que tu ressens.

— Pour accomplir quoi ? Pour empirer les choses ? lâchai-je.

— Elle te rejettera, et tu pourras tourner la page.

Je ne pouvais tolérer cette idée. Encore maintenant, j'avais une lueur d'espoir : peut-être pouvions-nous être ensemble. Quand nous dormions dans mon lit, elle me prenait toujours dans ses bras. Quand elle était bouleversée, elle se cramponnait à moi comme à un radeau de survie. Si je lui disais ce que j'éprouvais et qu'elle me rejetait, ça briserait ma dernière lueur d'espoir. Et sans cet espoir, plus rien ne me rattachait. Je préférais me raccrocher à ce fil ténu que risquer de tout perdre.

— Je ne veux pas qu'elle me rejette.

— Eh bien, si elle le fait, tu sauras qu'il est temps de passer à autre chose.

— Mais je perdrai son amitié.

— Êtes-vous vraiment amis, là ? me défia-t-il.

Il était vrai que mes sentiments avaient changé la dynamique de notre relation.

— Si je lui dis maintenant, ça va me péter à la figure. Si elle était célibataire, je me lancerais.

Il leva les yeux au ciel.

— Elle n'est pas fiancée à ce type. Alors tente ta chance.

— Elle rencontre ses amis demain. Ça devient sérieux, non ?

— Ouais, bon. En amour comme à la guerre, tous les coups sont permis.

— Hors de question, dis-je, ayant pris ma décision.

— Alors il ne te reste plus qu'à déménager.

Ce n'était pas une mauvaise idée, mais je ne voulais pas quitter New York. J'adorais cette ville.

— Je suis né et j'ai grandi ici. Je ne crois pas que je pourrais vivre ailleurs.

— Boston n'est pas si loin que ça.

— Non.

Il n'y avait rien pour moi à Boston.

Derek s'appuya contre le bureau, le regard plein de sympathie.

— Alors tu devrais peut-être rester avec Julia.

— Non.

Ce n'était pas juste envers elle, même si elle savait ce que je ressentais pour Taylor.

— Alors tu es foutu. J'ai épuisé toutes mes idées.

J'avais épuisé les miennes depuis longtemps.

Les portes de l'ascenseur s'ouvrirent et Clay entra dans le bureau.

— Je dois y aller, Derek, dis-je en voyant ma chance d'écourter notre conversation. J'ai un client.

— Je pensais que tu ne donnais plus de cours particuliers, questionna Derek.

— C'est un cas particulier, dis-je en me redressant, avant de ranger mon téléphone dans ma poche. Alors à plus.

— D'accord. À bientôt.

Derek tapa sa paume sur mon bureau avant d'entrer dans l'ascenseur.

Je rassemblai mes affaires et le déjeuner de Clay avant d'entrer dans la classe. Clay était déjà assis derrière le pupitre, vêtu d'un sweat à capuche trop grand et d'un vieux jean. Ses cheveux étaient peignés bizarrement, vers l'avant et couvrant un côté de son visage.

— Tu t'es levé du mauvais pied ? le taquinai-je.

— Je dois me couper les cheveux, répondit-il en aplatissant ses cheveux sur son crâne.

Je posai mes affaires et lui tendis un sandwich.

— Je te donnerai un peu d'argent.

— Pas besoin.

Même maintenant, il détestait accepter mon argent.

— Si tu ne te fais pas couper les cheveux bientôt, tu vas pouvoir les attacher en queue de cheval.

— Je suis pas une fille, contra-t-il.

— Alors n'oublie pas de passer chez le coiffeur.

J'ouvris les manuels et en poussai un vers lui.

— Bon, on va commencer avec les maths. C'est plutôt une question de logique que de calculs. Même sans calculatrice, tu peux déterminer une réponse assez facilement sur base de lois et de formules. Je vais te montrer un exemple.

Il posa son menton sur une main et eut l'air ennuyé.

Ses cheveux étaient une distraction car je ne pouvais pas voir tout son visage, mais un seul œil. Il ne mangeait pas non plus, ce qui ne lui ressemblait pas. Généralement, il dévorait toute son assiette l'instant où il passait la porte.

— Tout va bien ? demandai-je.

— Ouais. Je m'ennuie.

— Tu ne t'ennuieras plus dans une minute.

J'expliquai le problème de maths avant de tourner le manuel vers lui.

— Commençons par le premier problème. Je vais le résoudre avec toi.

Il s'empara du crayon mécanique et lut la question. Ses yeux passèrent d'un mot à l'autre plusieurs fois pendant qu'il déchiffrait la question. Plusieurs minutes s'écoulèrent, et il n'écrivit rien avec son crayon. Il lui avait fallu du temps pour comprendre la section lecture de l'examen, donc je savais que ceci serait encore plus problématique. Distraitement, il passa sa main dans ses cheveux et les écarta légèrement.

Et c'est là que je le remarquai.

Il avait un œil au beurre noir, gonflé, injecté de sang. La peau était endommagée, décolorée et rougie. Ce n'était pas le genre de blessure qui survenait en tombant. C'était le genre de blessure obtenue quand un poing frappait le visage plusieurs fois.

Jamais je n'aurais cru être si en colère. Avant ce moment, jamais je n'avais compris ce que la rage était vraiment. Mes mains tremblèrent et mes poumons se bloquèrent. Je ne pouvais plus respirer. Je voulais démolir le bureau – je ne voyais pas d'autre moyen de canaliser ma colère. Mon corps et mon esprit étaient tournés vers la destruction.

Je voulais buter quelqu'un.

— Clay.

Il tressaillit en entendant mon ton hostile. Je ne criais jamais, mais la violence dans ma voix suffit à le faire sursauter. Il croisa mon regard et, quand il vit mon expression, il sut que j'avais compris.

— Qui t'a fait ça ? demandai-je sans cesser de trembler.

Je voyais rouge. Quelqu'un allait finir sous ma botte – six pieds sous terre.

Il aplatit ses cheveux sur son visage pour cacher les bleus.

— Je suis tombé sur mon guidon – il m'est rentré dans l'œil.

— Ne me mens pas !

Je fis tomber tout ce qui se trouvait sur la table et abattis mes poings sur la surface. Le son résonna dans la pièce.

Clay eut un mouvement de recul et montra de la peur pour la première fois.

— Je vais te reposer la question, et tu vas me dire la vérité, cette fois.

Il baissa les yeux au sol.

— C'est ton père, c'est ça ?

J'aurais dû le savoir quand j'avais aperçu le bleu précédent. Clay m'avait menti, mais je n'aurais jamais dû le croire. Quel genre de mentor étais-je si je ne l'avais pas remarqué plus tôt ?

— Non, répondit-il d'une petite voix.

Je renversai la table, qui alla buter contre le mur. Heureusement qu'il n'y avait personne, ou les gens auraient pu croire que je tabassais le gamin.

— Pourquoi continues-tu à me mentir ?

Il resta sur sa chaise, mais la bascula en arrière autant qu'il le pouvait.

— J'appelle les flics.

J'allais envoyer ce mec derrière les barreaux pour le restant de sa vie.

— Attends, dit-il en levant la main pour m'empêcher de le contourner. Ne fais pas ça.

— Et pourquoi pas ? demandai-je, les narines dilatées tant je fulminais.

— Je ne veux pas aller en foyer d'accueil. S'il te plaît.

C'était la première fois qu'il me suppliait pour quoi que ce soit.

— Ce serait encore pire que ma situation actuelle.

— Ça m'étonnerait, fis-je en grinçant des dents. Personne ne te fera du mal, là-bas.

— Mais je serai coincé avec d'autres gosses et je ne serai jamais adopté. Je ne pourrai jamais sortir ou faire ce que je veux. Je deviendrai un prisonnier, et ils surveilleront mes moindres faits et gestes.

— Clay, tu ne sais rien du système des familles d'accueil.

— Tu te trompes, lâcha-t-il. J'ai des amis dans le système, et ils disent que c'est horrible. Je n'ai plus qu'un an et demi à tirer. Je ne suis pratiquement jamais chez moi, et ça n'arrive pas si souvent que ça. Alors… n'appelle pas les flics.

— Clay, ça ne devrait jamais arriver.

— Ce n'est pas si terrible que ça.

Le gamin était un complice involontaire, sans même s'en rendre compte.

- Ce n'est jamais bien de frapper quelqu'un. Donc ne dit pas que ce n'est pas terrible. C'est complètement inacceptable.

— Je n'ai pas dit que c'était bien, murmura-t-il. Mais je peux faire avec.

— Tu ne devrais pas avoir à faire avec, grondai-je, prêt à craquer.

— N'appelle pas les flics. Volt, je t'en supplie.

Comment pouvais-je dormir la nuit sans même savoir si ce gosse allait bien ? Ces derniers mois, je m'étais attaché à lui plus qu'à tout autre étudiant jusque-là. Je me souciais de lui. Non, je l'aimais.

— Je suis désolé, mais je ne peux pas te laisser vivre là-bas.

— Non ! fit-il en bondissant sur ses pieds pour me faire face. Reste en dehors de ça, OK ? Je te dis que je ne veux pas aller en famille d'accueil. Je préfère que les choses restent comme elles sont. Je fais gaffe avec mon père mais, parfois, il boit trop et il exagère. Ce n'est pas comme si ça arrivait tout le temps.

Je détestais l'écouter justifier les actes de son père. C'était écœurant.

— Si tu appelles les flics, je nierai en bloc.

— Ce bleu parlera de lui-même.

— Volt, tu ne piges pas parce que tu viens d'une famille où tes parents t'aiment. Tu ne sais pas ce que c'est, de galérer. Tu ne sais pas ce que c'est, de survivre. Tu ne comprends pas comment le système fonctionne vraiment. Tu penses qu'envoyer un adolescent dans un service de protection juvénile aide, mais c'est faux. Ça ne fait que compliquer la vie. Il ne me reste pas longtemps à tirer. Je suis presque sorti de là. Alors je t'en prie, ne gâche pas tout.

Mon corps ne pouvait digérer la douleur et la rage. Au lieu de se calmer, elles bouillonnaient et empiraient. L'agonie m'aveugla par son intensité. Je ne comprendrais jamais la situation dans laquelle se trouvait Clay, mais la simple idée me rongeait de l'intérieur.

— Volt, s'il te plaît, dit-il en me bloquant le chemin. Je sais que ce n'est pas facile, mais laisse tomber.

— Comment veux-tu que je reste sans rien faire ? murmurai-je. Il pourrait te tuer.

— Ça n'ira pas jusque-là. Il s'énerve et il me pousse. Mais il n'a jamais été plus loin.

— Jusqu'ici, ajoutai-je amèrement.

— Promets-moi que tu ne diras rien.

Comment pouvais-je faire ce genre de promesse ?

— Allez, Volt. Tu es la seule personne dans ma vie, pour le moment. La seule personne à qui je peux faire confiance. Alors aide-moi, s'il te plaît.

— Te laisser vivre chez ton père n'est pas t'aider.

— Et me forcer à la porte est encore pire. S'il te plaît, Volt. Je t'en supplie.

Je mis mes mains sur mes hanches, plongé dans mes pensées. J'étais à un tournant et j'ignorais quelle direction prendre. Ce gamin méritait mieux que le traitement qu'il recevait, mais je n'avais pas de solution. Il ne voulait pas aller en famille d'accueil, et je comprenais pourquoi. Mais pouvais-je le laisser rester chez un père violent ? Ce n'était que pour un an et demi, mais n'était-ce pas bien trop long ?

— Clay, pardonne-moi, mais je dois en parler à quelqu'un.

Tout espoir se volatilisa dans ses yeux – remplacé par la rage.

— Je pensais que tu étais mon ami…

— Je suis ton ami.

— Les amis ne se poignardent pas dans le dos. Je te dis ce que je veux, et tu me refuses ça.

— J'essaye de prendre soin de toi.

— Alors ne prends pas soin de moi ! lâcha-t-il. Si tu m'envoies en famille d'accueil, je m'enfuirai.

— Clay, quelqu'un pourrait t'adopter.

— Tu plaisantes ? hurla-t-il. Personne ne va adopter un cassos de seize ans ! On n'est pas dans un conte de fées, OK ? Je ne vais pas dormir dans une chambre avec trente autres pauvres gosses, avec un couvre-feu et des merdes comme ça, avec des gamins encore pires que mon père. Au moins, là où je suis, je suis libre. Si on m'enferme, je serai un prisonnier. Alors ne me dénonce pas. Si j'avais su que tu ferais ça, je ne serais jamais venu ici. Je te faisais confiance, et maintenant je me sens con.

Mon cœur se brisa.

— Clay, tu peux me faire confiance.

— Apparemment pas. Je te demande ton aide et tu me la refuses.

— Je veux t'aider.

— Alors laisse couler. Je préfère prendre un coup de temps en temps que finir dans un trou à rat.

Il resta devant la porte, mais toute volonté de se battre l'avait déserté. Il me regardait avec mépris, comme s'il me haïssait plus que l'homme qui l'avait violenté.

Et ça me fit mal.

Il n'y avait pas de bonne réponse, et tout était gris. Mais le regard noir de haine de Clay était pire que tout. Je me fichais de savoir s'il m'appréciait, mais je voulais qu'il me fasse confiance. Et si je le dénonçais, j'étais certain que notre relation serait terminée.

Clay détourna les yeux, incapable de soutenir mon regard.

Ne voyant pas d'autre alternative, je cédai.

— OK.

Il leva les yeux vers moi, un sourcil levé.

— Je ne dirai rien. Mais tu es sûr que c'est ce que tu veux ?

— Oui ! répondit-il sans hésiter. Je ne suis presque pas chez moi, de toute manière. Ces disputes n'arrivent que de temps en temps. Dans seize mois, je quitterai la maison et j'irai vivre ailleurs. J'ai fait avec toute ma vie, je peux continuer encore un petit peu.

Comment réussirais-je à dormir la nuit sans savoir s'il allait bien ? Comment pourrais-je me le pardonner, s'il lui arrivait quelque chose ?

— Je suis là si tu as besoin de moi. Si ça dégénère, sors et appelle-moi. Je viendrai te chercher où que tu sois. Je serai toujours là.

— Je sais, Volt.

Maintenant qu'il avait eu ce qu'il voulait, il se détendit et me lança le même regard qu'avant. Il était plus à l'aise et me regardait avec tendresse.

— Merci de te soucier de moi. Vraiment. Pour la plupart des gens, je n'existe pas.

— Ce n'est pas vrai.

— Si. Mais c'est bon. Tant que j'ai une personne de mon côté.

J'AVAIS une adresse et un visage.

Je savais exactement ce que je cherchais.

Il était trois heures du matin quand j'agis. Il marchait

dans la rue, vêtu d'un sweat bleu foncé, les mains dans les poches. Il était anormalement maigre, me rappelant Clay de bien des manières désagréables.

Il tourna au coin et emprunta une ruelle sombre entre un restaurant chinois et une laverie automatique. Un homme était debout dans le noir, vêtu d'une veste en cuir sombre. Il avait les mains dans les poches et ne me vit pas.

En silence, le père de Clay sortit une liasse de billets et la tendit. En échange, il reçut un petit sachet en plastique scellé. Il le fourra dans sa poche à une telle vitesse que je ne pus voir ce qu'il contenait.

Le dealer tourna les talons et sortit de l'allée en comptant le pognon qu'il venait de se faire.

Quand le père de Clay se retourna, il ne m'adressa pas un regard, me prenant pour un autre marginal. Ses mains étaient enfoncées profondément dans ses poches, et sa capuche couvrait sa tête.

Rien qu'à le regarder, j'en étais malade. Je détestais cet homme bien que je ne l'aie jamais vu avant. Je n'avais qu'une idée en tête : le tuer. Je voulais passer mes mains autour de son cou et l'étrangler. Je voulais briser ses bras pour qu'il ne touche plus à un cheveu de Clay.

Je voulais faire encore bien pire.

Juste avant qu'il ne sorte de l'allée, j'agis.

Je l'attrapai par l'arrière de son sweat et le fis tomber par terre, le forçant à rester sur le dos sur le ciment glissant. Un lampadaire se situait à une quinzaine de mètres de là, mais le restaurant chinois bloquait presque toute la lumière. La visibilité était mauvaise, et il ne pourrait jamais voir mon visage.

— Qu'est-ce que tu veux, enfoiré ? Achète ta propre came, fit-il en roulant sur ses pieds.

Je le rattrapai et le lançai contre le mur. Quand il entra en collision avec les briques, il en eut le souffle coupé. Ses bras étaient des brindilles, sans muscles, et il était lamentablement faible. Quand il essaya de se défendre, j'eus l'impression qu'un enfant me repoussait.

Je lui envoyai mon poing dans la figure, le frappant en plein œil. Je me sentis bien mieux de le blesser comme il avait blessé Clay. Cet homme devait souffrir pour toujours. Je ne le laisserais jamais oublier cette nuit. Je ne le laisserais jamais penser à lever la main sur Clay.

Je me jetai sur lui, lui décochant une droite en plein nez puis dans le ventre. Je meurtris sa peau et l'affaiblis par la douleur, faisant couler son sang. Je le tabassai jusqu'à ce qu'il ne tienne plus qu'à un fil, qu'il se balance comme un invertébré.

Je le lâchai par terre et me penchai sur lui, ma capuche recouvrant mon visage. Même s'il voyait mon visage, il n'aurait aucun moyen de me trouver. Mais mieux valait prévenir que guérir.

Son visage était en sang et ses yeux fermés, enflés. Du sang coula du coin de sa bouche sur sa joue. Quand il toussa, il éructa des trucs repoussants.

— Écoute-moi, dis-je en serrant sa gorge. Si tu frappes Clay encore une fois, ça se terminera différemment.

Il grogna puis fut pris d'une quinte de toux douloureuse.

— Tu as compris ?

— Oui… Oui.

Je serrai encore plus.

— Si tu touches à un de ses cheveux, je te descendrai. Pigé ?

Son souffle se fit plus profond et rauque.

— Vous z'êtes qui ?

J'enfonçai mon poing dans sa figure.

— Putain ! s'écria-t-il en voulant toucher son nez, mais j'écrasai sa main sous mon pied.

— Si tu lui fais du mal, je le saurai. Si tu le menaces, je le saurai. Si tu fais quoi que ce soit à ce gosse, si tu lui dis quoi que ce soit sur ce qui s'est passé, je te trouverai et ce sera encore bien pire.

Il se débattit pour retrouver son souffle, mais ma poigne était trop forte. Il cherchait de l'air qu'il ne pouvait pas aspirer.

— C'est compris ?

Je ne partirais pas tant que je n'aurais pas la confirmation que Clay n'en souffrirait pas. Qu'il ne payerait pas pour mes actions.

— Oui, cracha-t-il.

Je serrai plus fort, l'étranglant presque.

— Tu es sûr ?

Maintenant, il pouvait à peine parler. Il remua les lèvres mais aucun son n'en sortit.

— Oui…

Je finis par lâcher sa gorge. Il avait été tabassé jusqu'au sang, et ses bleus et coupures mettraient des semaines à guérir. Chaque fois qu'il se verrait dans le miroir, il se rappellerait ce qui s'était passé cette nuit.

Et il n'oserait plus s'approcher de Clay.

DIX

Taylor

Je devais retrouver Sage et ses amis pour son dîner d'anniversaire, et la soirée me rendait un peu nerveuse. Il y aurait beaucoup de gens que je n'avais jamais rencontrés, et je craignais de me faire interroger toute la soirée.

Mais Volt interrogeait tous mes copains, donc c'était de bonne guerre.

Je marchais dans la rue, son cadeau dans une main. Je lui avais acheté des billets pour le match de base-ball, et les avais emballés dans du papier-cadeau bleu. Je lui avais fait une carte d'anniversaire moi-même et l'avais décorée, pour personnaliser un peu son cadeau.

Je tournais au coin du restaurant quand mon téléphone se mit à sonner.

Volt était en train de m'appeler.

Ce n'était pas le moment rêvé pour papoter, mais je ne pouvais ignorer son appel. Ce serait aller contre ce que je désirais profondément, donc je fis glisser mon pouce sur l'écran et collai le téléphone contre mon oreille. Nous ne nous étions pas parlé de la semaine, et ces périodes de silence me semblaient toujours étranges.

— Hééé ! Comment ça va ?

Il resta muet.

— Volt ? répétai-je en percevant sa respiration.

Toujours rien.

Je cessai de marcher, même si j'étais juste devant le restaurant.

— Volt, tu es là ?

Quand sa voix perça au bout du fil, elle semblait brisée – irréparablement brisée.

— Hé.

Je savais que quelque chose n'allait pas. Ce n'était pas rien – c'était grave. Volt avait touché le fond. Comment ? C'était un mystère.

— Qu'est-ce qu'il y a ? Tu vas bien ?

— J'ai besoin que tu viennes à mon appartement.

Il ne me donnait jamais d'ordres. Généralement, il me demandait.

— Je peux être là dans dix minutes.

— Merci.

Il raccrocha immédiatement, comme si rester en ligne plus longtemps était trop dur pour lui.

J'entendis la tonalité et baissai lentement le téléphone. Mon cœur cognait contre ma poitrine et je me sentais mal. Quelque chose n'allait pas – j'étais sûre que Volt avait le cœur brisé.

— Hé ! fit Sage en sortant du restaurant. Tu arrives juste à temps. Je t'ai commandé un verre de vin.

J'avais tout oublié de l'anniversaire de Sage après avoir parlé à Volt. Il me semblait hors de propos.

— Heu…

— Quelque chose ne va pas ? demanda-t-il en voyant mon air choqué. Qu'est-ce qu'il y a ?

— Je suis vraiment désolée, Sage, mais je dois y aller.

— Tu dois y aller ? Mais tu viens d'arriver.

— Je sais, excuse-moi. Mais je dois aller voir Volt. J'essayerai de revenir aussi vite que possible.

Son visage se déforma, passant de la déception à la colère.

— Volt ? Pourquoi devrais-tu aller le voir ?

Je n'avais aucune envie de répondre à cette question.

— Je ne suis pas sûre. Mais quelque chose ne va pas.

— Eh bien… Tous mes amis sont à l'intérieur, attendant de te rencontrer. Sans oublier que c'est mon anniversaire. Tu dois vraiment y aller ? Quelqu'un est mort ?

— Je ne sais pas encore. Il ne m'a rien dit.

— Et ça ne peut pas attendre ?

Volt ne m'aurait pas appelée si ce n'était pas important.

— Je me rachèterai. Je le jure.

— Mon prochain anniversaire est dans un an, donc tu vas attendre un bail.

— Je me sens mal, vraiment.

J'allais faire une première impression terrible à ses amis. Sans oublier de mentionner qu'il était furieux.

— Je suis désolée.

— Alors n'y va pas. C'est aussi simple que ça.

Il me défia du regard, m'avertissant que, si je partais maintenant, il y aurait des conséquences. Notre relation ne tenait qu'à un fil.

— Il a besoin de moi. C'est mon meilleur ami.

— Je ne devrais pas être ton meilleur ami ? défia-t-il. Et tu ne devrais pas être là pour moi ?

— Sage, je sais que tu es fâché, mais quoi qu'il se passe avec Volt, c'est sérieux. Il ne m'aurait pas appelée sinon. Il sait que c'est ton anniversaire. Il m'a aidée à trouver ton cadeau.

— Et tu ne trouves pas que c'est une étrange coïncidence ?

— Quoi ?

— Qu'il t'appelle alors qu'il sait que tu es avec moi.

Je ne compris pas tout de suite le sens de son accusation.

— Tu penses toujours qu'il est amoureux de moi ? Je ne sais pas combien de fois je dois le répéter. Volt ne me voit pas comme ça. Tu as vu sa copine.

— Mais il t'appelle quand même pour tout. Pourquoi ne l'appellerait-il pas, elle ?

— Je… Je ne sais pas.

Si quelque chose n'allait vraiment pas, ce serait Volt que je voudrais appeler, et personne d'autre. Cette pensée m'étourdit quelque peu.

— Ouais, c'est ça, fit-il en levant les bras en l'air. Va le voir. Amuse-toi bien.

— Sage, quelqu'un pourrait être mort !

Comment pouvait-il être si égoïste ?

— Si quelqu'un était mort, il te l'aurait dit.

— Tu n'en sais rien.

J'étais la seule personne qui le connaissais suffisamment pour pouvoir deviner.

— J'ai toujours pensé qu'il en pinçait pour toi, mais tu

sais quoi ? Maintenant je pense que c'est toi qui en as après lui.

Il me décocha un regard sombre, le genre qui montrait la profondeur de sa rage. Les passants nous croisaient sur le trottoir, mais il ne leur prêta pas plus attention que moi.

— Ce n'est pas vrai.

— Ah non ? demanda-t-il en inclinant la tête, l'air d'un maniaque. Parce qu'on dirait, pourtant.

— Volt est un très bon ami depuis que j'ai emménagé à New York. Je ne connaissais personne en ville, et il m'a aidée. Il m'a aidée au boulot, et il se soucie toujours de moi. Peut-être que tu ne comprends pas ce qu'est l'amitié, mais moi bien. Alors arrête de tout suranalyser. Tu vois des choses qui n'existent pas.

— Ah oui ? Je vais te dire ce que je vois, Taylor. C'est mon anniversaire, et tu choisis de le passer avec lui. Simple.

Je perdais mon temps à me disputer. Volt avait besoin de moi et cinq minutes s'étaient déjà écoulées. J'ignorais ce qui lui était arrivé, mais je savais que c'était grave.

— Je ne le choisis pas. Il lui est arrivé quelque chose et je dois aller le trouver. Je suis désolée que ce soit le jour de ton anniversaire, mais les amis doivent toujours être là, coûte que coûte. Tu devrais être plus compréhensif. Là, tu fais tout tourner autour de toi.

— Je devrais me montrer compréhensif ? répéta-t-il, incrédule. Il ne t'a même pas dit ce qui n'allait pas, et tu cours le voir.

— Il me le dira quand j'arriverai.

— Ouais, mais c'est bizarre. Si sa mère est décédée, alors je comprends. Mais pour autant que je sache, tu pourrais aller le voir et il te demandera ton aide pour choisir une tenue. Et tu te seras barrée sans raison.

— D'abord, il ne m'appellerait jamais pour une chose pareille, répliquai-je en levant une main, de plus en plus agacée par ses accusations. Et puis, être un bon ami, ce n'est pas poser des questions. C'est être là pour l'autre. Je suis désolée d'avoir gâché ton anniversaire, et tes amis ne m'aimeront probablement pas beaucoup, mais Volt est comme ma famille.

— Ta famille ? cracha-t-il.

Ce n'était pas la chose la plus intelligente à dire, mais les dégâts étaient faits.

— Oui. Ma famille.

— D'accord. Tu as été on ne peut plus claire : il est plus important que moi. Passe une bonne soirée, termina-t-il en reculant, les bras en l'air.

— Sage, je n'ai jamais dit ça.

— Inutile que tu le dises, rétorqua-t-il en me tournant le dos. C'était très clair.

JE FIS irruption dans son appartement et le trouvai assis sur le canapé. Un verre de scotch se trouvait à côté d'une bouteille presque vide. Volt était appuyé contre le dossier, la tête renversée en arrière, les yeux rivés au plafond.

Quelque chose n'allait pas.

J'abandonnai le cadeau de Sage sur le plan de travail et m'approchai de lui. Il sentait le scotch, et cette odeur masquait son eau de Cologne et son odeur naturelle. L'alcool me brûla les narines.

— Volt, qu'est-ce qui ne va pas ? demandai-je en m'asseyant et en passant un bras autour du sien.

Il regarda le plafond une minute de plus avant de se redresser et de me regarder. En voyant la déprime dans ses yeux, je sus que l'histoire l'accablait plus que tout. Sans qu'il ait besoin de dire un mot, je sus qu'il avait le cœur brisé.

Je baissai les yeux et remarquai ses mains. Elles étaient gonflées et meurtries, couvertes de sang séché et de plaies béantes. J'avais du mal à les reconnaître tant ses poings étaient massacrés.

— Volt…, fis-je en prenant une main pour examiner les dégâts.

— Clay, fut tout ce qu'il répondit.

Il regarda ses mains sans réagir. Quelle que soit la douleur que lui causaient ses blessures, elle était engourdie. Ou peut-être s'était-il habitué à elle.

— Clay est venu étudier hier, et il avait un œil au beurre noir. Son père l'avait frappé.

J'enroulai ma main autour de son poignet pour ne pas risquer de blesser sa main. Elle était trop abîmée pour tolérer mes caresses. Sans même avoir entendu toute l'histoire, je sus ce qui s'était passé. Volt avait pété un câble et attaqué le père de Clay. Je n'étais pas là pour le juger.

— Je suis navrée…

— Je l'ai traqué quand il achetait de l'herbe et je lui ai fait regretter son geste. Je l'ai tabassé presque à mort. Pas une seule fois je ne me suis senti coupable. Je ne me sens toujours pas coupable.

Je fis courir ma main de bas en haut sur son bras, l'apaisant de la seule manière que je connaissais.

— Tu as appelé la police ?

— Non, répondit-il d'une voix brisée. Clay m'a fait promettre de ne rien dire.

— Pourquoi pas ?

— Il ne veut pas être envoyé en famille d'accueil. Il m'a supplié de ne rien dire. Donc j'ai accepté. Mais je me suis assuré que son père ne porte plus jamais la main sur lui. Je suis presque sûr que je lui ai flanqué la frousse, à ce bâtard.

Ma main s'immobilisa sur son avant-bras.

— Volt, tu dois appeler la police. Tu ne peux pas laisser Clay vivre là-bas.

— Ce n'est pas ce que je veux non plus, murmura-t-il. Mais il a insisté plus que tout. Il m'a dit qu'il ne me le pardonnerait jamais, si je le faisais.

— Ça ne devrait pas t'en empêcher, Volt. Tu dois faire ce qui est le mieux pour lui.

Il détourna le regard, les lèvres pincées.

— Je suis tout ce qu'il a. Je suis la seule personne en qui il ait confiance. Et s'il me tourne le dos… Qui prendra soin de lui ?

Volt avait une excellente relation avec Clay, et je comprenais pourquoi il voulait sauver leur amitié. Mais il devait faire ce qui était le meilleur pour lui – quel qu'en soit le prix.

— Il t'en voudra pendant un moment. Mais un jour, il te remerciera.

— Non, murmura-t-il. J'ai fait ce que j'avais de mieux à faire. Son père aurait tort de toucher à un cheveu de Clay. La prochaine fois, je le tuerai vraiment.

— Sauf si Clay s'en charge d'abord.

Sa peau se glaça.

— Cette pensée m'effraye.

— Tu dois aller voir la police, Volt.

— Clay m'a dit qu'il nierait en bloc. Et qu'il s'enfuirait. Ce gamin ne veut pas partir, Taylor. Je ne peux pas l'y forcer.

J'insistais mais Volt ne voulait rien entendre. Il était ébranlé par ce qui s'était passé, et je n'aidais pas la situation. Il avait besoin de réconfort et de soutien, pas d'une dispute.

— J'ai l'impression d'être un monstre.

J'observai son visage et vis un poids apparaître dans ses yeux. Je ne l'avais jamais vu si déprimé.

— Ce n'est pas vrai.

— J'ai cassé la gueule au crétin avec qui tu sortais, et puis j'ai été à ça de buter le père de Clay. Je suis si enragé… Je suis enragé quand de mauvaises choses arrivent à des gens bien. Clay mérite bien mieux que ce qu'il a. Tu mérites un homme qui mourrait pour toi. Le monde est si foireux que je ne le comprends plus.

Je caressai son bras, étourdie par l'odeur de l'alcool.

— Clay s'en sortira, Volt.

— Il veut juste se faire une meilleure vie. Mais toutes ces conneries le retiennent, dit-il en secouant la tête. Je ne comprends pas en quoi c'est juste. J'ai grandi dans un foyer parfait avec des parents parfaits. Et il lutte pour survivre au jour le jour. Je ne capte pas.

Il passa ses doigts dans ses cheveux et fit la grimace quand un élancement remonta dans son bras. Il baissa la main et la posa sur le canapé.

— Il s'en sortira, Volt.

Un voile distant recouvrit ses yeux, et je sus qu'il n'était plus avec moi.

Je regardai ses mains. Si je ne m'en occupais pas, il ne le ferait pas. J'allai chercher de quoi le soigner dans la salle de bain puis nettoyai ses plaies. Elles étaient crevassées et saignaient toujours. Je massai de l'onguent sur ses bleus et attendis qu'il pénètre avant d'envelopper ses mains dans de la gaze. Je n'avais jamais fait ce genre de chose avant, mais les gestes me venaient naturellement.

Volt resta assis là, aussi silencieux et immobile qu'une statue.

J'agrafai le bandage et posai tout l'équipement sur la table basse avant de lui tendre deux analgésiques.

Il les regarda avant de les repousser. Peut-être était-ce parce qu'il avait trop bu, ou qu'il voulait ressentir la douleur. Je ne le saurais jamais.

Je m'approchai de lui et passai mes doigts dans ses cheveux, le réconfortant avec mes caresses. L'odeur de whisky était étourdissante, donc j'inspirai par la bouche pour ne pas la sentir. Même alors, elle me brûla le palais et la gorge.

Volt tourna son visage vers moi et m'observa le caresser. Son regard était toujours lointain, hébété. Ses réactions étaient lentes et traînantes. Sa respiration était plus profonde que d'habitude et, parfois, ses paupières tombaient, comme s'il allait s'endormir.

Je caressai ses épais cheveux bruns et sentis ses mèches douces glisser entre mes doigts. Ses cheveux bouclaient légèrement aux pointes quand il les laissait un peu pousser. Jamais je ne l'avais touché comme ça. Nous nous étions enlacés et embrassés, mais jamais je ne l'avais réconforté ainsi.

Il posa une main sur ma cuisse et la serra délicatement, malgré la douleur qu'il devait ressentir. Ses doigts couvraient toute ma cuisse tant sa main était grande. Il aurait pu briser ma jambe à mains nues, s'il l'avait voulu.

Silencieusement, il leva les yeux et croisa mon regard. Il me regarda sans ciller, cherchant quelque chose que seul lui pouvait y trouver. Nos visages n'étaient qu'à quelques centimètres l'un de l'autre, et son haleine puait le scotch. Il n'était pas lui-même, et je pus sentir un changement dans l'air, le fourmillement qui accompagnait un moment spécial.

Il posa les yeux sur mes lèvres.

Je sentis son regard les brûler. Je pouvais sentir son envie, son désir. Il me calcinait comme le soleil de midi. Mais c'était un genre de brûlure enivrante, qui vous réchauffait de l'intérieur au cœur de l'hiver.

L'alcool l'encourageait et le désinhibait. Avant qu'il ne franchisse le pas, je sus ce qui allait arriver. Je pouvais le sentir dans l'air. L'intensité de son regard me donna des frissons.

Il avança vers moi, son visage de plus en plus près du mien. Ses yeux étaient posés sur mes lèvres, les étudiant comme une œuvre d'art.

Mon cœur refusait de se calmer.

Sa main quitta ma cuisse et remonta le long de ma poitrine, jusqu'à atteindre ma gorge. Quand sa main me toucha, chaude et calleuse, j'en eus le souffle coupé. Ses doigts se plantèrent dans mes cheveux, me touchant comme jamais il ne m'avait touchée.

Je ne pouvais plus respirer.

Je restai de marbre, même si je savais exactement ce qui allait se passer. Il était saoul et avait perdu l'esprit, il n'avait pas les idées claires. Son cerveau ne prenait pas les décisions.

Mais je ne bougeai pas.

Il posa la main sur ma joue, caressant ma peau douce du bout des doigts. Il contempla mon visage en me touchant, mémorisant mes traits. Ses paupières n'étaient plus tombantes. Il me regardait sans ciller, ne voulant pas perdre un seul instant.

Son pouce glissa sur le coin de ma bouche. Il le fit courir sur ma lèvre inférieure, tâtant chaque relief. Il se pencha vers moi, plus près que jamais.

L'intensité qui émanait de lui suffisait à me brûler. Je pouvais la sentir rayonner à chaque coin de la pièce. Je pouvais sentir le plaisir avant même qu'il ne m'ait touchée. Je pouvais sentir l'électricité sans être branchée.

Il posa son visage contre le mien, ses lèvres à un centimètre des miennes. Son souffle m'enveloppa, et je pus entendre son excitation dans son expiration. Il fit courir son pouce sur mes lèvres avant de le poser sur ma joue.

Puis il m'embrassa.

Il pressa ses lèvres douces contre les miennes, la tête légèrement inclinée vers la droite. Au lieu d'être mal à l'aise, de douter, je sentis la chaleur remonter dans ma colonne et exploser dans mon cerveau. Mon corps était en feu et j'avais la cervelle en compote. Je n'éprouvais plus qu'un plaisir aveuglant, qui atteignait chaque cellule de mon corps.

Et ce n'était que les premières secondes de notre baiser.

Il remua ses lèvres contre les miennes, effleurant ma bouche. Ses lèvres dansèrent au rythme d'une chanson inaudible, naturelle.

J'enfonçai mes doigts dans ses cheveux et empoignai ses mèches tandis qu'il continuait à m'embrasser. Ce n'était pas le genre de baiser auquel je m'attendais de sa part. Il était lent, envoûtant, aussi allumeur que satisfaisant.

Volt passa son autre bras autour de ma taille et m'attira vers lui, nos poitrines en contact, nos bouches continuant à danser. Son désespoir était évident dans chaque caresse. Il ne voulait pas seulement m'embrasser : il en avait besoin.

Et je pense que j'en avais besoin, moi aussi.

Il écarta les lèvres juste assez pour faire passer sa langue, et elle était encore plus délicieuse que ses lèvres. Il souffla dans ma bouche, m'enflammant à chaque coup de langue.

Je fondis dans ses bras. Je ne pouvais plus sentir que le choc dans mes veines. C'était si bon, comme la dernière fois que nous nous étions embrassés. J'étais alors si déprimée que je m'étais demandé si ça pouvait vraiment être aussi bon que dans mon souvenir.

Mais ça l'était.

Volt m'attira sur ses genoux ; je chevauchai ses hanches et sentis son érection dans son jean. Il approfondit le baiser et me serra encore plus fort contre lui, désirant tout ce que je pouvais lui donner.

C'est alors que je sus que je devais l'arrêter.

Il était saoul et avait perdu l'esprit. Il était sans doute dix fois au-dessus de la limite d'alcool au volant, et il n'avait pas les idées claires. Il faisait ce qu'il devait faire pour se sentir mieux.

Je ne pouvais pas le laisser continuer.

Je trouvai la force de m'éloigner et de rompre le baiser le plus torride que j'aie jamais connu. Je le regardai dans les yeux et vis ce même désir au fond des siens. Il ne voulait pas que ça s'arrête. Pour lui, ce n'était que le début.

Je me dégageai de ses genoux, prenant mes distances.

— Allons te mettre au lit.

Il resta assis, sans me quitter des yeux. Ses lèvres étaient légèrement entrouvertes, comme si ma bouche était toujours collée à la sienne.

Je m'empourprai et m'occupai en nettoyant les restes d'alcool. Sage et moi venions de rompre, donc je ne me sentais pas coupable d'avoir embrassé Volt, mais ce n'était pas bien. Volt était saoul et n'avait aucune idée de ce qu'il faisait. Il ne s'en souviendrait sans doute pas demain matin. J'avais profité de lui dans un moment de faiblesse.

Et il ne m'aurait jamais fait ça.

J'ÉTAIS ENVELOPPÉE dans les bras de Volt quand nous nous réveillâmes le lendemain matin. Il était midi et demi, et nous avions dormi des heures. Son torse était pressé contre mon dos et, à chacune de ses inspirations, je le sentais se dilater contre moi.

Il remua et poussa un faible gémissement.

— Putain, ma tête !

Je pris les deux cachets qui se trouvaient sur la table de chevet et un verre d'eau.

— Tiens.

Il frotta ses yeux pour chasser le sommeil avant d'avaler les cachets avec l'eau. Ses cheveux étaient en bataille tant je les avais emmêlés, et ses mains étaient toujours bandées. Il balaya la chambre du regard avant de se tourner vers moi.

À en juger par son expression, il ne se souvenait pas de la veille. Il se demandait probablement comment j'étais arrivée et pourquoi j'étais dans son lit. Il lui fallut quelques minutes pour revenir à la réalité.

— Je ne sais pas ce qui s'est passé. Je me souviens que j'ai bu. Et je crois me rappeler ton arrivée. Mais je ne me souviens de rien d'autre.

Donc il ne se rappelait pas du baiser.

Ouf !

— Tu m'as raconté ce qui s'était passé avec Clay, et puis on est restés à discuter sur le canapé.

— Un cauchemar, murmura-t-il en hochant lentement la tête.

— J'ai bandé tes mains parce qu'elles avaient une sale gueule.

— Merci…, fit-il en les examinant tour à tour. J'espère que ce n'est pas aussi moche que ça en a l'air.

— J'en doute.

Il passa ses doigts dans ses cheveux avant de se recoucher, torse nu.

— C'est un de ces jours où je n'ai pas envie de me lever.

— Rien ne t'en empêche. Je vais te préparer un truc à manger.

— Tu n'es pas obligée de cuisiner pour moi.

— Ça ne me dérange pas. Tu cuisines souvent pour moi.

— Mais c'est différent. Tu es ma dame, dit-il avant de bafouiller. Enfin, une dame.

— T'inquiète, je vais préparer quelque chose.

Je sortis du lit, vêtue d'un short et d'un t-shirt à lui. Ils étaient deux fois trop grands pour moi, mais ils étaient très confortables. J'entrai dans la cuisine et trouvai une boîte de pâte à pancakes et des œufs.

Volt sortit de la chambre dix minutes plus tard. Son torse parfait était musclé, fort. Son ventre était plat et ses abdominaux ressortaient, tandis que ses bras étaient taillés dans la pierre. Je savais qu'il avait un corps de rêve mais, quand il l'affichait comme ça, il me mettait mal à l'aise.

Parce qu'il était à croquer.

Je repensai à son baiser. La sensation de sa bouche contre la mienne était irréelle. Ses lèvres me brûlaient si délicieusement, m'allumaient et me faisaient grésiller comme de l'huile chaude. Le sang me montait à la tête et à d'autres endroits. Heureusement qu'il ne s'en souvenait pas. Sinon, je n'aurais pas pu le regarder dans les yeux.

Son jogging était bas sur ses hanches, et dévoilait le V qui remontait de sous l'élastique. Il se versa une tasse de café chaud et le but noir.

— Tu n'es vraiment pas obligée de me faire à manger.

— Eh bien, j'ai presque terminé, donc ce n'est pas grave.

Il sirota son café, appuyé contre le plan de travail, et

remarqua le paquet-cadeau que j'y avais laissé. C'était le cadeau de Sage. Le cadeau que je ne lui offrirais jamais. Ce serait bizarre d'aller voir le match avec quelqu'un d'autre, donc je les revendrais sur Stub Hub.

— Qu'est-ce que c'est ?

— Rien, répondis-je en disposant les pancakes sur une assiette. Le cadeau d'anniversaire de Sage.

— Pourquoi est-il ici ?

— Je l'avais sur moi quand tu m'as appelée.

Il continua à l'examiner avant de le reposer. En repensant à ce qui s'était passé, il comprit.

— Merde, je suis désolé. C'était son anniversaire hier, non ?

— Ouais… Mais ce n'est pas très grave.

Je n'allais pas le faire culpabiliser parce qu'il avait eu besoin de moi. Et je n'allais pas lui en vouloir parce qu'il était la raison de notre rupture.

— J'ai complètement oublié, Taylor. Pardonne-moi.

Il posa sa tasse et me décocha un regard triste. Inutile qu'il me dise qu'il s'en voulait – c'était gravé sur ses traits.

— T'inquiète. C'est bon.

— Je suis sûr qu'il n'était pas ravi.

— C'est sûr. Mais on se verra un autre jour.

Il finit par se détendre en comprenant qu'il n'avait pas tout foutu en l'air.

— J'espère que tu me pardonneras. J'étais complètement saoul et je n'avais pas les idées claires.

J'en étais bien consciente.

— Je sais, dis-je en posant les assiettes à table, à côté du sirop d'érable. Maintenant, mange. Tu te sentiras mieux.

Il s'assit et se servit dans la pile de pancakes.

— Merci. Tu es une bonne épouse.

L'idée de l'épouser, de lui faire l'amour tous les jours et de dormir avec lui toutes les nuits, me fit frissonner. Les frissons parcoururent mon corps et me ranimèrent. Je manquai de laisser tomber mon café tant je tremblais. Le fait que cette image m'attire autant me terrifiait plus que tout.

— Épouse…, balbutiai-je d'un ton rêveur, ne sachant pas quoi dire.

Volt ne commenta pas.

— Je n'ai rien fait de stupide, hier soir ?

À part m'embrasser jusqu'à ce que mes lèvres en tremblent, rien.

— Non. Tu étais très silencieux.

— Tant mieux. Heureusement que je ne t'ai pas fait fuir.

Tout le contraire.

— Tu étais normal. Juste triste.

— Ça ne m'étonne pas, parce que je n'ai jamais été aussi malheureux.

Il continua à manger, les yeux fixés sur son assiette.

— Clay s'en sortira.

— Je sais. Mais il ne devrait pas traverser une telle épreuve. Un homme qui bat son enfant, c'est un fils de pute de première.

Je ne tressaillis pas en entendant son insulte – dans ce cas, c'était approprié.

— Je suis sûr que son père n'osera plus lever la main sur lui. Ce serait stupide de sa part.

— Oui, il ne le frappera sans doute plus. Mais pour combien de temps ?

Malgré ce que Clay voulait, je pensais qu'il devrait quitter la maison de son père. Il devrait aller d'abord en détention protectrice, puis en foyer d'accueil. Aucun enfant ne devrait craindre sa maison.

— Il lui reste encore un an et demi.

— Mais le père s'en sort impunément.

Je ne devrais pas argumenter, mais la situation me dérangeait plus que tout.

— C'est ce que Clay veut. J'ai essayé de lui faire changer d'avis, mais il a refusé.

— C'est un gamin. Il ne sait rien.

— Il en sait plus que tu ne le crois, dit-il, sur la défensive. Les enfants comme lui s'en sortent parce qu'ils apprennent à survivre au jour le jour. Il n'y connaît peut-être pas grand-chose en anglais et en maths, mais il est futé. Il sait comment tourne le monde réel. Il sait comment résoudre des problèmes complexes. Il est plus méritant que tu ne le penses.

— Je ne voulais pas l'insulter, dis-je calmement. Mais je pense que, en tant qu'adultes, nous devrions prendre soin de lui.

— Et c'est ce que j'ai fait, répondit-il gravement. J'ai failli tuer un homme. Il s'est chié dessus tant il avait peur. Un lâche comme ça fera tout ce qu'il peut pour éviter de se faire descendre.

Volt s'enflammait à nouveau, donc je changeai de sujet.

— La nourriture te plaît ?

— C'est délicieux, merci, répondit-il en tapotant ma jambe.

Quand il me toucha, je me sentis de nouveau excitée. Qu'est-ce qui ne tournait pas rond chez moi ?

— Tu vois Sage aujourd'hui ?

Je ne le reverrais sans doute pas de sitôt.

— Non. Je suis libre.

— Tu veux aller au cinéma, alors ?

— Tu ne dois pas voir Julia ?

Il m'avait dit qu'il allait cesser de la voir, et j'étais curieuse de savoir s'il avait déjà rompu avec elle.

— Non, répondit-il avant de boire son café.

— Vous êtes toujours ensemble ?

— En théorie. Je n'ai pas encore eu le temps de rompre.

Je me demandai s'ils avaient une relation libre ou pas. Sinon, il l'avait trompée hier soir – avec moi. Et cette pensée me donnait l'impression d'être une salope.

— Pourquoi ?

— Par curiosité, répondis-je en haussant les épaules.

APRÈS UN FILM et un dîner, nous rentrâmes chez lui. Je voulais passer une autre nuit dans ses bras et ne voulais pas rentrer chez moi.

Je voulais être avec lui.

J'aurais dû courir après Sage et tout faire pour me racheter, mais je n'avais aucune motivation. Quand je lui avais dit que Volt avait besoin de moi, il avait tout fait tourner autour de lui et de son anniversaire. Je devais avouer que c'était moche de le laisser en plan un jour pareil, mais il aurait dû se montrer plus compréhensif et moins puéril. Et je ne voulais pas quitter Volt, car je savais qu'il était toujours déprimé. S'il avait bu autant après ce qu'il avait fait, c'était qu'il avait perdu le contrôle.

Volt devait savoir que j'allais passer la nuit, parce qu'il me prêta des vêtements avant de s'installer sur le canapé.

— Qu'est-ce que tu veux regarder ?

— N'importe, répondis-je en m'asseyant à côté de lui, avant de tirer une couverture sur mes genoux.

— Il y a un match de basket. Ça te va ?

— Si tu veux.

Je gardais mes distances exprès mais, en même temps, je redoutais cet écart. Je ne pensais plus qu'à ce baiser. Une part de moi voulait le saouler pour pouvoir recommencer sans qu'il s'en souvienne.

Je me rendis compte que c'était plus que louche.

— Qu'est-ce que tu fais pour Thanksgiving ?

— Je vais rendre visite à ma famille.

J'y resterais quelques jours. Ce serait agréable de revoir mes parents. Je ne les voyais pas aussi souvent que je l'aurais voulu. Je leur parlais encore moins.

— À Washington ?

— Ouais.

— Cool.

— Et toi, tu vas toujours manger chez tes parents ? demandai-je, me souvenant qu'il m'en avait parlé en passant.

— C'était ce qui était prévu, mais ils ont d'autres plans.

— Que vont-ils faire ?

— Ma mère rêve de partir en voyage depuis des lustres, et elle a convaincu mon père de l'emmener en croisière aux Caraïbes. Donc je n'ai rien de prévu.

— Ah oui ? demandai-je, surprise. Tu ne vas pas voir ton frère ?

— Nan. On n'est pas proches.

Je me demandai s'il y avait des tensions entre eux, mais je me retins de lui poser la question. S'il voulait m'en parler, il l'aurait fait.

— Tu veux m'accompagner à Washington ? demandai-je sans réfléchir.

Je ne voulais pas qu'il passe Thanksgiving tout seul. Il avait déjà des tas de choses en tête, et la solitude ne ferait qu'en rajouter une couche.

— Tu rigoles ? Pour rencontrer tes parents ?

— Ils sont vraiment sympas. Ils te plairont, tu verras.

— J'en suis sûr. C'est juste que… Tu ne crois pas que ça leur donnera de fausses impressions ?

Je n'avais jamais ramené d'homme à la maison. Je n'étais jamais sortie avec quelqu'un suffisamment sérieusement pour leur présenter.

— Je leur dirai qu'on est très bons amis. Ils ne penseront pas à mal.

— Alors ce serait avec grand plaisir.

Il me lança un sourire qui remonta jusqu'à ses yeux. Il semblait sincèrement excité à l'idée de rencontrer ma famille – ce n'était pas un oui qu'il m'offrait par obligation.

— Cool. Et tu vas adorer Washington. C'est vraiment magnifique.

— On me l'a déjà dit. C'est sans doute très différent de New York.

— Complètement différent.

Il s'adossa contre le canapé et me vola la couverture.

— Ne monopolise pas toute la couverture, OK, goinfre ?

— Je ne suis pas une goinfre. Tu m'entends faire grouin grouin ?

— Non, répondit-il en souriant. Mais j'adorerais ça.

— Ouais, c'est ça. Comme si j'allais le faire.

Il planta ses doigts dans mes côtes et me chatouilla.

— Je n'arrêterai pas tant que tu ne le feras pas !

J'éclatai de rire et me tortillai en me débattant, tentant de m'éloigner. Utilisant sa taille, il me plaqua contre le canapé et je fus incapable de m'en sortir.

— Oh mon Dieu ! Arrête !

— Dis-le, insista-t-il en plantant ses doigts sous mes aisselles, sans pitié.

— D'accord ! fis-je, terrassée par les chatouilles. Grouin grouin !

Il retira ses mains en gloussant.

— Tu es une belle petite cochonne, Tayz.

— Merci du compliment…

Je me redressai et me recoiffai avec les doigts. Mes cheveux étaient hirsutes et pleins de nœuds.

— De rien.

Il me blottit contre son flanc et se tourna vers la télé.

Je remontai la couverture sur mes jambes car j'avais froid. Son appartement était toujours glacial parce qu'il aimait ça. Moi pas.

Il me vit monopoliser la couverture et me lança un regard menaçant.

— Tu veux des chatouilles ? le défiai-je. Parce que je peux jouer le même jeu.

Il me tira la couverture des jambes et leva les mains.

— Je suis prêt.

DIMANCHE EN FIN D'APRÈS-MIDI, quelqu'un sonna à la porte. Quand j'ouvris, je m'attendais à voir Volt de l'autre côté. Il passait sans doute me voir ; c'était une habitude au début de notre amitié. Nous avions passé tout notre temps ensemble ce week-end, et je m'étais réhabituée à cette routine.

Mais c'était Sage.

Il était debout, les mains dans les poches, ses yeux bleus perçants. Il ne semblait ni heureux ni furieux de me voir.

Ignorant la raison de sa présence, je restai muette. Était-il venu pour m'engueuler ? Avait-il oublié quelque chose chez moi ? Les ruptures étaient suffisamment difficiles comme ça – inutile d'aggraver les choses en venant me voir par la suite.

— Salut…

— Salut, dis-je en croisant les bras. Tu as oublié quelque chose ?

Parce que si c'était le cas, il aurait pu m'envoyer un message et je lui aurais posté.

— Non, j'espérais pouvoir te parler.

De quoi ?

— Ah. OK, dis-je en ouvrant la porte pour l'inviter à entrer. Je suis désolée pour ce qui s'est passé avec Volt. Je comprends que tu aies été fâché. J'espère que tu as passé un bon anniversaire.

Inutile que nous nous prenions le bec pour rien.

— En fait, je suis venu m'excuser. Tu avais raison. J'étais égoïste et je n'aurais pas dû. Un ami avait besoin de ton aide, et tu avais raison d'aller le voir. J'ai laissé ma jalousie prendre le pas.

Il s'excusait ? Du coup, je me sentais encore plus mal d'avoir embrassé Volt.

— Ah.

— C'était quoi le problème, si je peux savoir ?

— Eh bien… Volt donne des cours particuliers à un ado. Il a des problèmes à la maison et tout ça. Quand il est arrivé à son cours, il avait un œil au beurre noir, son père l'avait frappé. Volt essayait de trouver un moyen de l'aider.

— Oh merde…, dit-il, l'air coupable. Je ne savais pas…

— C'est bon. Tu ne pouvais pas savoir.

— Je me sens encore plus con.

Pas autant que moi.

— Tu as passé un bon anniversaire ?

— Ouais. Mais ce n'était pas pareil sans toi.

Mon cœur, puis mon regard, s'attendrirent.

— Je voudrais juste qu'on arrête de se prendre le chou. Tu me manques et je me sens coupable pour ce que je t'ai dit. On pourrait aller dîner ? Aller voir un film, ou autre chose ?

À présent, j'étais encore plus déroutée.

— Je pensais que c'était terminé…

— Non, reprit-il vivement. Je suis désolé si c'est ce que tu as pensé. J'ai laissé ma colère parler pour moi. J'imagine que je serai toujours jaloux de Volt. Même quand il a une copine, il te regarde différemment. Il ne regarde pas Julia comme ça.

Volt ne me voyait pas de cette manière, mais je ne pourrais rien dire pour le faire changer d'avis.

— Je ne veux pas que ce soit terminé, murmura-t-il.

Je ne pouvais pas aller dîner avec lui sans lui dire ce qui s'était passé. Même si Volt ne s'en rappelait pas, ça s'était quand même passé. Si je ne disais rien, ce serait le tromper. Pourrais-je garder un tel secret pour toujours ?

— Sage, je dois te dire quelque chose.

Il tenta de dissimuler son malaise, mais c'était futile.

— Quoi ? Tu ne vas pas me laisser tomber, hein ? Parce que je pense qu'on est juste partis du mauvais pied.

Sa voix était calme, mais son corps disait tout autre chose.

— Non, ce n'est pas ça. Mais… je pensais que c'était terminé.

Il ne comprit pas l'allusion. Il me regardait avec la même confusion qu'avant.

— Vendredi soir, Volt était vraiment saoul, et il m'a embrassée. Je l'ai embrassé aussi, peut-être pendant une minute. Puis ça s'est arrêté là. Il ne s'en rappelle pas parce qu'il était complètement ivre. Mais moi si. Je pensais que c'était terminé, entre nous, donc je ne l'ai pas arrêté. Je suis désolée…

J'avais l'impression d'être la pire personne au monde. Drew m'avait trompée, et j'avais été abattue. Être prise pour une imbécile était intolérable. Le fait que j'aie fait pareil à une autre personne me faisait mal au cœur.

Sage passa sa main sur son menton en regardant ma cuisine. Sa barbe repoussait vite et il ne s'était pas rasé ce matin-là. Ses yeux n'étaient pas aussi vulnérables qu'un moment plus tôt, car il faisait tout son possible pour me cacher ses émotions.

— Je ne peux pas faire comme si ça ne me dérangeait pas.

— Tu as le droit d'être fâché.

Je n'avais pas d'excuse pour mon comportement. J'avais cru que c'était terminé alors que j'aurais dû attendre d'en reparler à froid. Nous nous étions quittés en si mauvais termes que j'avais pensé que nous ne reprendrions jamais notre relation.

— Tu l'aurais embrassé, si tu avais pensé que ce n'était pas terminé ? demanda-t-il en me regardant dans les yeux, en scrutant mes gestes.

— Bien sûr que non !

Même avant l'histoire avec Drew, je n'avais jamais été infidèle. Et je ne le serais jamais.

— Je suis désolé, mais je dois te poser la question… Est-ce que tu ressens quelque chose pour lui ? Parce que tu m'as assuré que non, mais tu l'as embrassé. Qu'est-ce que je suis censé en penser ?

Il avait eu tort d'être jaloux avant, mais il avait à présent tous les droits de me poser la question…

— Je… Je ne crois pas.

— *Tu ne crois pas ?*

Sa main s'était figée sur son menton, et ses sourcils s'étaient levés.

— Ce n'est pas vraiment une réponse claire.

De plus en plus troublée, je croisai les bras.

— Il a toujours été un ami et c'est tout. Mais quand il m'a embrassée… ça m'a plu.

Je me sentais mal de dire des choses pareilles à Sage, mais je préférais être honnête.

— Je ne sais pas si ça veut dire quelque chose, ou si c'est uniquement de l'attirance physique. Peut-être que j'y réfléchis trop, ou peut-être pas assez.

Il baissa les yeux vers le sol, refusant de croiser mon regard.

— Je soutiens ce que j'ai dit. Il est amoureux de toi.

— Je ne crois pas que tu aies raison, non.

C'était la seule chose dont j'étais sûre, en fait.

— Ah non ? fit-il en me regardant. Alors pourquoi t'a-t-il embrassée ?

— Parce qu'il était bourré. Il ne s'en souvient même pas. Volt est le genre de mec qui embrasse toutes les femmes qui bougent. Je ne suis pas spéciale.

— Tu es plus spéciale que tu ne le crois, murmura-t-il.

Je me dandinai d'un pied sur l'autre ; les planches grincèrent sous mon poids. Mon appartement était vieux, décrépi.

— Peut-être que c'était du désir, dit-il. C'est une émotion très naturelle.

— Peut-être…, dis-je, rongée par l'incertitude.

— Je ne dis pas que ça ne me dérange pas, mais je comprends pourquoi ces choses arrivent. J'ai vraiment fait le con l'autre soir. Au lieu de piquer une crise, j'aurais dû me montrer compréhensif. La jalousie m'a rendu fou. Je me fiche bien que ce soit mon anniversaire ou que tu rencontres mes amis. Ce qui m'emmerdait, c'était que tu le choisisses lui au lieu de moi.

— Ce n'était pas ça, Sage. Si j'étais avec lui et que tu me disais que tu avais besoin de moi, je viendrais sans tarder. Peu importe si c'était son anniversaire ou une occasion spéciale.

— Je sais, dit-il en hochant la tête.

Je ne savais toujours pas où nous en étions, même après toutes nos excuses. Quand j'avais embrassé Volt, j'avais cru qu'il n'y avait pas de retour en arrière possible. Je n'avais pas les idées claires, mais sentir nos lèvres l'une contre l'autre m'avait semblé si naturel. Même saoul, Volt embrassait mieux que tous les hommes que j'avais embrassés – y compris Sage. Volt avait plus d'expérience que quiconque, car il avait embrassé tout Manhattan. Les étincelles venaient sans doute de ses talents innés.

— J'aimerais nous donner une autre chance.

Sous le choc, j'écarquillai les yeux.

— Je ne dis pas que le baiser avec Volt ne me dérange pas parce que c'est le cas, mais l'incident était ma faute. Si je ne t'avais pas repoussée, tu ne l'aurais pas laissé t'embrasser. Et ça semblait assez innocent.

C'était innocent parce que ça n'avait pas duré longtemps. Mais en intensité, c'était tout le contraire.

— Je t'apprécie vraiment, Taylor. Tu veux bien qu'on réessaye ?

Je ne m'étais pas attendue à ce que Sage se batte pour moi. Il avait toujours été jaloux de Volt, donc je pensais que c'était fini quand je l'avais embrassé. Mais il était toujours là.

— Tes potes me détestent ?

— Ils ne sont pas trop fans, là, répondit-il en haussant les épaules. Mais c'est ma faute.

— Super…

— Mais je n'ai pas encore rencontré Sara. Tu pourrais me descendre avant que je la rencontre. Tu sais, pour égaliser les scores.

Il me donna un petit sourire qui fit pétiller ses prunelles de joie.

Quand il se montrait aussi adorable, c'était difficile de lui résister.

— Je ne crois pas que je pourrais te descendre. Pas quand tu es si mignon.

— Tu sais, je n'étais pas très mignon l'autre soir.

— Mais tu l'es maintenant, et c'est tout ce qui compte.

— Alors… ça veut dire que c'est arrangé ?

— Je crois, oui.

Il se rapprocha de moi et passa ses bras autour de ma taille. Il me serra contre son torse et appuya son front contre le mien, m'enlaçant comme je l'aimais.

— Tu as des plans pour ce soir ?

— Oui. Avec toi.

— Eh bien, ton cadeau d'anniversaire était des billets pour aller voir les Yankees. Le match commence dans une heure.

— Waouh ! Super cadeau.

— Tu veux y aller ?

— Absolument.

ONZE

Volt

Après avoir passé tout le week-end avec Taylor, je devais rompre avec Julia.

Elle me faisait face dans son salon, les bras croisés sur sa délicieuse poitrine. Elle avait un corps divin et un joli minois, le genre de physique qui faisait rêver tous les hommes.

— Je ne comprends pas. Notre alchimie est si intense.

Non. Je suis juste bon au pieu.

— Tu es géniale, Julia. Vraiment. Mais… je ne suis pas investi dans cette relation.

— C'est toujours à cause de Taylor ? m'accusa-t-elle avec jalousie.

C'était la première fois que je l'entendais percer dans sa voix.

— Rien n'a changé avec elle.

— Qu'est-ce qu'elle a, cette femme ? Elle n'a rien de spécial. Je ne capte pas.

Je serrai les poings, avant de me détendre.

— Elle est spéciale. C'est la femme la plus cool, la plus intelligente et la plus sexy que je connaisse. C'est ma meilleure amie. La critiquer ne te mènera nulle part.

Théâtralement, elle leva les yeux au ciel. On aurait dit une actrice sur scène.

— Si tu le dis. Tu veux être avec elle ? D'accord.

— Je veux être avec elle, mais je ne peux pas. Et je ne peux pas continuer ceci.

— C'est quoi, ton plan ? Rester seul pour toujours ?

— C'est déjà mieux que te faire perdre ton temps.

Je voyais bien qu'elle s'était déjà attachée à moi. Sa réaction émanait de la douleur. Elle ne voulait pas que je la quitte, et elle avait du mal à l'accepter. Je n'aurais pas dû laisser les choses aller si loin.

— Et je ne suis pas assez bonne pour toi ? Je ne te satisfais pas ?

C'était encore pire que tout. Elle cherchait à porter le blâme sur elle-même.

— Julia, tu es incroyable. Tout chez toi est incroyable. Chaque fois qu'un homme te voit avec moi, il se demande ce que j'ai fait pour t'avoir et s'il pourrait faire pareil. Si Taylor ne m'avait pas envoûté, je sais que les choses auraient été différentes. Ce n'est pas ta faute. Je te le promets.

Elle serra ses bras contre sa poitrine pour faire remonter ses seins.

— Je suis désolé, Julia. Franchement.

Je n'aimais pas la blesser. J'en voulais à Derek de m'avoir persuadé de la revoir. Me forcer à avoir une relation n'avait aucun sens. C'était une perte de temps, pour elle et pour moi.

— Ouais, bon. J'espère que tu seras heureux avec ta Taylor.

Et ça n'arriverait jamais. Parfois, quand nous passions du temps ensemble, j'oubliais que nous n'étions que des amis. Nous nous câlinions sur le canapé et dormions dans le même lit comme si nous étions ensemble depuis longtemps. Je m'imaginais la prendre sur mon lit puis lui préparer le petit déjeuner. Mais ce n'étaient que des fantasmes. J'avais essayé de prendre mes distances, mais ça ne faisait que me déprimer. Sortir avec d'autres femmes me déprimait davantage. J'étais foutu.

Voué à l'échec.

— Julia, je suis désolé. Je ne peux pas le répéter assez.

— Va-t'en, dit-elle en entrant dans sa chambre, avant de claquer la porte.

Je restai là un instant et attendis de voir si elle allait revenir, juste au cas où. Après deux minutes, je partis.

LE DÎNER de Clay était posé sur la table, ainsi que les manuels et cahiers sur lesquels nous travaillions. Mes mains étaient toujours bandées dans la gaze que Taylor avait enveloppée autour.

Clay arriva juste à temps et se laissa tomber sur la chaise. Il vit mes mains tout de suite, examinant la gaze qui se détachait peu à peu. Des minutes s'écoulèrent en silence et il ne prononça pas un mot.

J'attendis qu'il me bombarde de questions. Il comprendrait vite que c'était moi qui avais défoncé la gueule de son père. Au lieu de travailler ses maths, nous en discuterions.

Clay leva les yeux de mes mains et croisa mon regard. Son regard était différent de tout autre. Ses traits étaient indéchiffrables, comme s'il ne savait pas quoi ressentir. Son corps et son esprit n'étaient pas synchronisés et ses émotions déferlaient à des vitesses différentes.

— Merci.

Inutile qu'il me fasse un dessin.

— Je prendrai toujours soin de toi.

— Il est cool avec moi depuis que c'est arrivé.

— Bien, soufflai-je – il aurait tort de réagir autrement. Si ça change, fais-le moi savoir.

Il hocha la tête et baissa les yeux vers son cahier. Il ne mangea pas et ne ramassa pas son stylo. Il se contenta de lire le passage en silence car il n'y avait rien à ajouter.

J'étais soulagé qu'il n'ait rien d'autre à dire.

– BÉBÉ, je suis vraiment désolée que nous partions avec ton père pendant Thanksgiving. Peut-être devrions-nous rester ici.

— Maman, ça ira, la rassurai-je au téléphone, assis sur mon canapé.

— Mais je ne peux pas laisser mes deux bébés tout seuls.

Connor et moi n'étions jamais tracassés par la solitude.

— Je ne serai pas seul. Je vais passer les fêtes avec Taylor.

— Ah oui ? s'écria-t-elle avec joie. C'est merveilleux. Seulement vous deux ?

Ma réponse allait l'envoyer en éruption, comme un volcan.

— Je vais passer les fêtes dans sa famille dans l'état de Washington.

— Oh mon Dieu ! C'est merveilleux !

J'éloignai le téléphone de mon oreille – sa voix menaçait de me percer le tympan.

— Je suis si heureuse pour vous. J'espère que votre Thanksgiving sera magique.

— J'en suis sûr.

Je ne savais pas à quoi m'attendre de la part de ses parents, mais ils devaient être géniaux pour avoir une fille si géniale.

— Je suis vraiment contente pour toi. Maintenant, j'aimerais que Connor se case aussi.

— Il y arrivera bien tout seul. Ne t'inquiète pas pour lui.

Je n'en savais pas beaucoup sur sa vie privée, mais j'imaginais qu'il voulait avoir des enfants un jour – même si ce n'était pas pour demain.

— Je me sens tellement mieux en sachant que tu as des plans pour Thanksgiving.

Je m'en serais sorti très bien même si ce n'était pas le cas.

— Amusez-vous bien en croisière. N'oublie pas la crème solaire.

— Sans faute. Je t'aime, bébé.

— Je t'aime aussi, maman.

Dès que je raccrochai, je vis que Taylor m'appelait.

— Salut, ma belle.

C'était la première chose qui m'était venue à l'esprit. Puisque j'accumulais les faux pas, je ne me sentais pas trop coupable.

— Salut, l'étalon. Tu es chez toi ?

— Ouais. Je viens de raccrocher avec ma mère.

— Qu'est-ce qu'elle a dit ?

— Elle a failli avoir une crise cardiaque quand je lui ai dit que je passais Thanksgiving avec ta famille.

— Pas étonnant, s'esclaffa-t-elle.

— Donc elle est contente, ce qui me met de bonne humeur.

— Bon, je suis dans le couloir. Je peux passer ?

— La porte est ouverte.

— Cool, dit-elle – et je pus entendre sa voix résonner tandis qu'elle s'approchait de la porte. J'étais censée aller courir aujourd'hui, mais j'ai vite laissé tomber.

Elle entra et referma derrière elle. Quand elle s'assit sur le canapé, elle raccrocha.

— Pourquoi as-tu laissé tomber ? demandai-je en posant mon téléphone sur la table.

— J'ai commencé les étirements et ça me faisait déjà chier. Donc j'ai mangé une glace à la place.

— Au moins, tu as fait des étirements, pouffai-je.

— Ouaip. Mes muscles sont très détendus.

Elle pointa les pieds vers l'avant et me montra les muscles de ses mollets.

— Tu as vu comme ils sont gros ?

— Gros ? dis-je en pinçant un de ses mollets entre mes doigts. Tes muscles sont durs, mais pas gros.

— Ouais, bon.

Elle croisa les jambes et se dégagea de ma main.

Je bandais rien qu'en ayant touché sa jambe. J'adorais ses jambes, même si elle les détestait. J'aurais aimé les sentir autour de ma taille, ses talons plantés dans mes fesses.

Change de sujet.

Vite.

— Alors, quand est-ce qu'on part à Washington ?

— Mercredi. J'ai réservé les billets.

— Où vivent tes parents ?

— Ils ont un chalet tout près de Yelm.

— Un chalet ? Dans les montagnes ?

— Ils vivent à moins d'une heure du Mont Rainier. Le chalet surplombe une vallée verte et fait face à une colline. C'est magnifique. Tu ne comprendras pas tant que tu ne le verras pas de tes propres yeux.

— Je suis impatient. La plus grande forêt que j'aie jamais vue, c'est celle de Central Park.

Elle éclata de rire.

— Central Park, ce n'est rien à côté de ça.

— Je me réjouis de voir. Tes parents savent que je viens ?

— Oui. Je leur ai dit que je venais avec un ami.

Je détestais entendre ce mot sortir de sa bouche. Je n'étais qu'un ami. Je détestais ça de plus en plus.

— Cool. Et ça ne dérange pas Sage ?

— Qu'est-ce qui le dérangerait ?

— Que je passe Thanksgiving avec toi et ta famille.

— Oh merde ! J'ai oublié de lui dire.

Elle ne lui en avait même pas parlé.

Avec un peu de chance, il serait si vert de rage qu'il

romprait avec elle. Je me sentais mal de souhaiter leur rupture, mais c'était plus fort que moi. J'en rêvais un peu plus tous les jours.

— Je ne suis pas obligé d'y aller, Taylor. Je ne veux pas foutre le bordel.

— Non, ne t'inquiète pas. Je ne veux pas que tu passes Thanksgiving tout seul.

— Ce n'est pas si terrible que ça. Ça ne me dérange pas.

— N'importe quoi. Tu viens et c'est tout.

Au moins, j'avais agi honorablement envers le mec.

— Julia a des plans ?

— J'en suis sûr, mais je n'en ai aucune idée.

Elle me regarda en haussant les sourcils.

— Qu'est-ce que tu veux dire ?

— Je veux dire que c'est terminé.

— Oh… Et ça va ?

— Très bien.

En toute honnêteté, je m'en fichais complètement.

— Comment l'a-t-elle pris ?

— Elle n'était pas enchantée, mais elle s'en remettra. Je suis sûr qu'elle s'est trouvé un autre beau gosse.

Elle m'avait sans doute remplacé le jour où je l'avais quittée.

— Ouais, elle est sublime…

Taylor, tu dois vraiment te regarder dans le miroir.

— Je peux te poser une question ?

J'ignorais quelle question elle allait me poser, mais elle pouvait me demander tout ce qu'elle voulait. Une part de moi voulait qu'elle me demande si j'avais des sentiments pour elle. Si elle lançait cette conversation, je ne me sentirais pas aussi mal de tout lâcher.

— Tout ce que tu veux.

— Si tu n'étais pas si intéressé que ça, pourquoi es-tu sorti avec elle ? Je pensais que tu ne voulais pas d'une copine.

J'ignorais comment lui répondre sans mentir.

— Je voulais essayer pour voir si je ratais quelque chose.

— Et ?

Ce serait si facile de lui dire la vérité. J'étais tenté. Mais il y aurait des répercussions. Elle n'éprouvait pas la même chose, elle avait un copain, et je risquais notre amitié. Je détestais déjà être sans elle, mais ce serait encore pire si je la perdais comme amie.

— Elle n'était pas la bonne.

Taylor accepta ma réponse en hochant la tête.

— Tu la trouveras – un jour.

Je l'ai déjà trouvée.

— Alors… tu as déjà rencontré la famille de Sage ?

— Non, lâcha-t-elle. On n'en est pas encore là. Loin de là.

— Il t'a invitée à rencontrer ses amis.

— Ouais, mais ça a foiré. Et ça a vraiment jeté un froid.

— Je pensais que tu m'avais dit que tout allait bien ?

Je ne me souvenais pas de grand-chose, mais j'étais sûr qu'elle était venue me voir.

— Eh bien… j'ai menti.

— Que veux-tu dire ? demandai-je, pendu à ses lèvres.

— On s'est disputés. Il était furax que je l'abandonne

pour venir te voir le jour de son anniversaire. Je pensais que c'était terminé et que je ne le reverrais jamais.

Sans déconner ? Elle était célibataire ?

— Alors tu es libre ?

— C'était ce que je pensais. Mais il est passé me voir le dimanche et on a arrangé les choses. Il s'est excusé d'avoir été jaloux.

C'était une plaisanterie ! J'avais eu ma chance, et j'avais été trop saoul pour m'en rendre compte !

— Crétin !

— Quoi ?

— Quel crétin.

— Il s'est excusé, reprit-elle en haussant les épaules. Il était vraiment mignon, donc je lui ai pardonné.

Pourquoi ne me l'avait-elle pas dit ? Si j'avais su qu'elle était célibataire, je me serais jeté sur elle comme s'il n'y avait pas de lendemain.

— Content que ce soit arrangé.

— Ouais.

Je me laissai tomber contre le dossier du canapé pour lécher mes plaies en silence. Le seul point positif, c'était que leur relation battait de l'aile. Pourrait-elle survivre à tant de problèmes ? Il y avait de l'espoir, et cet espoir était ma seule motivation.

— Il y a quelque chose dont j'aimerais te parler.

— Je suis tout ouïe.

J'inclinai la tête vers elle et regardai ses lèvres. Elles étaient si parfaites, et j'aurais voulu les aspirer jusqu'à ce qu'elles soient rougies. Je voulais sentir ses lèvres glisser sur les miennes tandis qu'elle soufflait dans ma bouche, au bord de l'orgasme.

— C'est à propos de Clay.

Son nom me sortit de ma transe érotique.

— Je pense que tu devrais contacter les services sociaux.

Hors de question – je m'étais assuré que ce minable ne touche plus à un cheveu de Clay.

— Je m'en suis occupé, Taylor. Il m'a même dit que son père s'était bien comporté avec lui. Je pense que la peur suffira pour qu'il garde ses poings pour lui.

— Jusqu'à ce qu'il soit saoul ou drogué.

Je pinçai les lèvres et serrai les mâchoires.

— Je sais que tu tiens à Clay, donc fais ce qu'il faut pour lui.

— Il m'a demandé de ne pas le faire. Il a insisté lourdement. Je n'ai pas pris cette décision à la légère.

— Volt, c'est un gamin. Il ne sait pas ce qui est bon pour lui.

— Je ne peux pas le trahir, OK ? Je suis tout ce qu'il a. C'est ce qu'il veut. Je le protège tout en lui donnant ce qu'il veut. Je reconnais que ce n'est pas idéal. Mais ça marche.

Le feu brilla dans ses yeux bleus, m'indiquant qu'elle n'aurait de cesse d'insister jusqu'à obtenir ce qu'elle voulait.

— Volt, ce gamin mérite un meilleur foyer. Tu dois le lui donner.

— Et rester dans un orphelinat avec cent autres gamins, c'est mieux pour lui ? contrai-je. Tu crois qu'il recevra l'attention dont il a besoin ?

— Ce serait mieux que se faire taper dessus.

— Ce n'est que pour un an et demi. Si c'était plus, j'y réfléchirais.

Elle secoua la tête, les yeux emplis de rage.

— Je le vois tous les jours et je prends soin de lui. Si quelque chose n'allait pas, je le saurais. Il a mon numéro et il sait qu'il peut m'appeler quand il veut. Si son père commence à boire et que les choses dégénèrent, il sait que je serai là pour lui. Je le soutiens à cent pour cent.

— Mais…

— J'aime ce gosse. Tu crois vraiment que je laisserais quelque chose lui arriver ?

Quand elle m'entendit dire ça, elle ne put trouver un argument.

— Bien sûr que je sais que tu l'aimes. Et je sais que tu feras tout pour le protéger. Je pense juste qu'il y a une meilleure façon de faire.

— Je pense que c'est la meilleure solution – pour l'instant.

Taylor laissa tomber en comprenant qu'elle ne parviendrait pas à ses fins. La tension ne faisait que grimper entre nous. J'avais l'impression que nous étions deux parents qui se disputaient sur la manière d'éduquer leur enfant.

— Que fait ton frère pour Thanksgiving ?

— Aucune idée. Il reste sans doute chez un ami.

— Tu ne lui as pas demandé ?

— Nan.

Nous ne nous parlions généralement que quand nous nous voyions chez mes parents. À part ça, nous n'avions aucun contact. Même si nous vivions dans la même ville, nous nous parlions rarement.

— Il s'est passé quelque chose entre vous ?

— En quelque sorte. Quand on était au lycée, j'ai couché avec sa copine.

— Ah…

— C'est plus compliqué que ça. Ils étaient séparés, et on était à la même soirée. Elle m'a sauté dessus et j'étais saoul, donc je l'ai laissée faire. Je ne pensais pas que ça le dérangerait autant que ça. On ne s'entend plus vraiment depuis.

— Tu t'es excusé ?

— Bien sûr. Il n'a jamais vraiment semblé m'en vouloir. C'était plutôt de l'indifférence.

— L'indifférence, c'est encore pire.

— Tu as raison. Mais je me suis excusé et j'ai essayé de me racheter. S'il ne veut pas me pardonner, je ne peux pas l'y obliger. C'était il y a longtemps, et je ne vais pas continuer à m'en vouloir. La balle est dans son camp.

— Personne n'est parfait, dit-elle en hochant la tête.

— Et je suis loin d'être parfait.

— Peut-être qu'un jour, il laissera couler.

J'en doutais.

— Ouais.

— Alors, qu'est-ce que tu voudrais faire ?

— Un strip-poker ?

La déshabiller, c'était tout ce que je voulais.

Elle éclata de rire, comme si je blaguais.

— Et si on jouait plutôt à Mario Kart ?

— Tu aimes jouer à Mario Kart ? lâchai-je.

— Bien sûr. Comme tout le monde, non ?

J'ignorais comment, mais elle me faisait encore plus craquer.

— Ça roule, Tayz.

— Alors jouons, bébé.

— Comment tu m'as appelé ?

— Rien… fils à maman.

Ça allait rouler comme Donkey Kong.

— Je te défie de m'appeler fils à maman.

— Pourquoi pas ? Fils à maman ?

Je levai les mains pour la chatouiller.

— Et alors ? J'aime ma mère. Mais tu vas quand même payer.

— Oh merde !

Elle bondit sur ses pieds et s'éloigna en courant.

Je l'attrapai par la taille et la lançai sur le canapé. Je grimpai sur elle et m'attelai à la chatouiller partout, entre les côtes et sous les aisselles. Elle était très chatouilleuse, donc c'était facile de l'avoir à l'usure.

Elle éclata de rire et essaya de me repousser. Elle remonta une jambe et la passa autour de ma taille.

J'immobilisai ses bras au-dessus de sa tête d'une main pour avoir le champ libre et atteindre ses points sensibles. Ses yeux s'illuminèrent tandis que des frissons parcouraient tout son corps. Elle se raidit et se cambra en tentant de se dégager.

Mon visage était à quelques centimètres du sien, son corps plaqué sous le mien. J'étais suffisamment proche pour la prendre, pour l'embrasser.

Et c'était tout ce que je voulais faire.

Je voulais jouer avec elle, mais j'en voulais plus. Je voulais qu'elle m'appartienne – à moi tout seul. Pourquoi ne ressentait-elle pas la même chose ? Pourquoi ne me voyait-elle pas comme plus qu'un ami ?

Pourquoi ne pouvais-je pas avoir ce que je voulais ?

Je cessai de la chatouiller pour la laisser respirer.

Elle ne retira pas ses mains de mon emprise. Son souffle était saccadé et elle me regardait intensément. Ses jambes étaient toujours enroulées sur mon derrière, comme dans mes rêves.

Mes cartes étaient sur table et mes sentiments étaient évidents. Elle n'était pas bête et, si je continuais, elle finirait par me percer à jour. J'étais déjà bien trop transparent.

Je m'éclaircis la gorge et me redressai.

— Je vais préparer la Wii.

— Ouais… Je veux être Mario.

— Et moi Bowser.

Je lui tournai le dos pour tout installer. C'était un soulagement de cacher mon visage – et mon érection.

— Mais c'est un méchant.

— Je suis un méchant aussi, répondis-je en lui lançant la manette.

DEREK TOPA SON poing contre le mien quand nous nous retrouvâmes dans le bar.

— Et quoi, mec ? Julia m'a dit que c'était fini ?

— Ouais, ça n'a pas marché.

— Comment est-ce possible ? Elle est canon et elle en pinçait pour toi.

Je me sentis encore plus mal.

— Ça ne menait à rien. Mes sentiments n'ont pas changé.

— Donc Taylor te tient toujours à sa botte ?

— Ouaip. Je suis coincé.

— Et c'est tout ? Tu laisses tomber ?

— Je ne sais pas ce qui va se passer. Je sortais avec une bombe, et je n'ai rien ressenti. Je suis foutu. Peut-être que je finirai par oublier Taylor quand elle en épousera un autre.

— Tu crois qu'elle va épouser ce mec ?

— Non. Enfin, j'espère pas.

— Je ne sais même pas quoi dire, dit-il en commandant deux bières. Tu as essayé de te la sortir de la tête en couchant avec une autre, en l'évitant… Je ne vois pas d'autre solution.

— Il n'y en a pas.

— Il ne te reste plus qu'à cracher le morceau.

— Je ne peux pas faire ça alors qu'elle sort avec quelqu'un. C'est mal.

Il leva les yeux au ciel.

— Ça ne ressemble pas au Volt que je connais.

— Je ne suis plus le même, avec Taylor. Je nc vais pas la manipuler pour qu'elle plaque un mec juste pour avoir ce que je veux. Je ne voudrais pas qu'elle m'en veuille. Je dois juste attendre et croiser les doigts.

— Qui sait combien de temps ça va durer…

— J'espère pas pour toujours. Ils se sont disputés récemment. C'est un bon signe.

— Pourquoi ?

— En fait… à cause de moi.

— Je pensais que tu n'interférais pas dans leur relation…

— Je ne l'ai pas fait exprès. C'est arrivé comme ça.

— Mais ça a joué à ton avantage.

— S'ils se prennent déjà le bec maintenant, qui sait quand ils tomberont sur un autre os. Bientôt, j'espère. On se chatouillait l'autre jour, et j'ai failli l'embrasser. Je ne sais pas si je pourrai me contrôler encore longtemps.

— Je dis que tu devrais le faire et voir ce qui se passe.

— Je ne vais pas la forcer à tromper son copain. C'est pas cool.

— Ouais, bon. Si j'étais toi, j'arrêterais d'être un gentleman, sinon tu n'auras jamais ce que tu veux. La vie n'est pas juste. Plus tôt tu t'en rends compte, mieux c'est.

Je n'étais pas contre un peu de compétition ni faire ce qu'il fallait pour avoir ce que je voulais. Mais je n'allais pas blesser Taylor dans cette histoire. Si nous avions une chance, elle devait commencer sur de bonnes bases. Je voulais que ce soit naturel et juste, pas entaché.

— Enfin bref, qu'est-ce que tu fais le jour des dindes ?

— Je le passe avec la famille de Taylor, répondis-je en buvant un coup pour masquer ma grimace.

Derek abattit sa bière sur la table.

— Quoi ?

Je continuai à boire plus longuement que nécessaire.

— J'étais sûr que tu aurais quelque chose à dire.

— OK. C'est officiel. Elle en pince pour toi.

— Faux.

Même si j'aurais préféré que ce soit le cas.

— Pour quelle autre raison t'aurait-elle invité dans sa famille ?

— Parce que je lui ai dit que je n'avais rien de prévu pour Thanksgiving.

Elle m'avait invité par pitié.

— Ouais, c'est quand même ridicule de t'inviter dans l'état de Washington parce que tu es tout seul.

— Elle est comme ça, dis-je en haussant les épaules. Elle ne veut pas que quiconque se retrouve seul.

— Elle ne m'aurait pas invité.

— Je n'en suis pas si sûr.

— Mec, je te parie toutes les bières du bar qu'elle ne m'aurait pas invité.

— On ne connaîtra jamais la réponse, donc laisse tomber.

Il secoua la tête et ramassa sa bière.

— Je ne vous comprendrai jamais, tous les deux. Franchement.

Et moi non plus.

DOUZE

Taylor

Je préparai le dîner pour deux, et nous le mangeâmes à la table de ma cuisine, à la lueur d'une bougie. Puisque je partais à Washington pour la semaine, je voulais que cette soirée soit mémorable.

J'étais loin d'être une cuisinière professionnelle, mais j'étais douée avec une mijoteuse. J'avais préparé des tacos de poulet au piment vert avec des fèves et du riz. Et c'était vraiment délicieux.

— Merci pour le dîner, dit Sage en terminant son assiette. C'était incroyable.

— Merci. Je suis contente que ça t'ait plu.

— Je n'aurais jamais cru qu'on puisse préparer des tacos dans une mijoteuse.

— Moi non plus, mais j'ai trouvé la recette sur Pinterest.

Il gloussa.

— Imagine ce que c'était de cuisiner il y a trente ans,

quand Internet n'existait pas. Où les gens trouvaient-ils leurs recettes ?

— Dans un livre de recettes.

— Ouais, mais les livres de cuisine coûtent au moins trente dollars. C'est l'arnaque.

— C'est vrai. C'est sans doute pour ça que les dîners tout préparés sont devenus si populaires.

— Ah, oui… J'en ai mangé plus qu'assez, à une certaine époque, se remémora-t-il en se frottant l'estomac.

Je terminai mon assiette et me sentis bien trop gavée pour bouger. Je n'avais aucune envie de faire la vaisselle ni de nettoyer la table. Parfois, quand je me levais le matin, j'espérais que les elfes de maison soient entrés chez moi par effraction pour tout nettoyer.

— Alors, tu prends l'avion demain ? demanda-t-il.

— Ouais. Le vol va être long.

— Long comment ?

— Six heures.

— Avec escale ?

— Non.

Encore heureux ! Les escales de longue durée empiraient mille fois l'expérience de l'avion. Poireauter dans un terminal sans avoir rien à faire était pénible. Et je me sentais généralement poisseuse après avoir pris l'avion.

— Bah, c'est déjà ça. Et tu rentres quand ?

— Dimanche soir. Et boulot le lundi matin.

— C'est brutal. Au moins, tu pourras te détendre un peu pendant ton break.

— Ouais.

Je devais vraiment lui parler de Volt, mais je me dégonflais à chaque fois. Je n'étais même pas sûre de savoir comment aborder le sujet. En lâchant cette bombe comme ça ? Ou en parlant d'abord de Volt, avant de le mentionner en passant ?

— Comment se porte l'élève de Volt ?

Ou en le laissant aborder le sujet…

— Il est toujours chez son père. J'ai dit à Volt qu'il devrait appeler la police, mais il pense que le gamin est mieux là où il est. On s'est disputés à ce sujet.

— Pourquoi penserait-il que le gamin est mieux chez son père ?

— Parce qu'il lui a défoncé la gueule dans une allée pour lui donner une leçon.

Sage ne put dissimuler son choc.

— Il pense que le père n'osera pas le toucher. Mais je n'en suis pas si sûre. Dans quelques mois, ça pourrait bien changer.

— C'est sérieux…

— Oui.

Et moi, je devais lâcher le morceau. C'était comme un pansement. Mieux valait l'arracher d'un coup.

— Les parents de Volt sont partis faire une croisière pour Thanksgiving, donc je l'ai invité à passer les fêtes chez mes parents.

Je bus une gorgée de ma margarita et fis comme si tout était normal, comme si je ne venais pas de lâcher une bombe atomique.

Le choc de Sage se mua immédiatement en incrédulité.

— Quoi ? Répète-moi ça !?

— Volt m'accompagne à Washington.

Je maintenais une façade indifférente, mais mon cœur battait à mille à l'heure.

— Je ne me rappelle pas que tu m'en aies parlé.

Il gardait mieux son sang-froid que la dernière fois, mais la rage bouillait sous la surface.

— Je l'ai invité le week-end où… Enfin, lorsqu'il traversait une mauvaise passe.

Et que je pensais que c'était terminé.

— Tu ne trouves pas ça un peu bizarre ?

— C'est mon meilleur ami. Les amis s'invitent constamment.

— Pas quand ils vont à l'autre bout du pays et qu'ils sortent avec quelqu'un d'autre.

Nous allions droit à la dispute. Je pouvais la voir arriver.

— Je sais que c'est un peu étrange. Mais je ne voulais pas qu'il passe Thanksgiving tout seul.

— Et tu vas dire à tes parents qu'il n'est qu'un ami ? Et rien de plus ?

— Je leur ai déjà dit.

Mais je n'avais pas mentionné le fait que c'était un homme.

Il croisa les bras, le regard assombri.

— Je pouvais laisser passer l'incident du baiser parce qu'on venait de se disputer, mais ça… c'est inacceptable.

— Je ne te demande pas de l'accepter ou pas. Volt et moi, on passe beaucoup de temps ensemble. C'est juste qu'on passera du temps ensemble dans un autre état.

— Chez tes parents, lâcha-t-il. Tu vas passer la semaine avec eux pendant que ton petit ami reste à New York. Je suis désolé, mais c'est putain de pas cool.

Ça y est. Il avait dit putain. Ça allait de mal en pis.

— Il traverse une mauvaise passe et sa famille n'est pas là pour lui. Je ne vais pas le laisser en plan !

— Pourquoi ne passerait-il pas les fêtes avec Julia ?

— Ils ont rompu.

Oups. Je n'aurais peut-être pas dû dire ça.

Son visage se mit à rougir.

Non, je n'aurais définitivement pas dû dire ça.

Il se leva.

— Tu sais quoi ? Je ne peux pas tolérer ça. Je veux bien que vous vous voyiez de temps en temps, mais ça, non. Pas du tout.

Je restai scotchée sur ma chaise.

— Je suis désolée que ça te dérange. Mais encore une fois, je l'ai invité quand c'était terminé entre nous.

— Mais ça n'a jamais été terminé.

— Mais je pensais que si…

— Alors désinvite-le.

— Je ne peux pas faire ça, m'offusquai-je en me levant à mon tour.

— Bien sûr que si. Il s'en remettra.

— Non. J'ai déjà dit à mes parents que j'avais un invité, et il a déjà fait ses valises. Je ne vais pas être grossière et le laisser en plan.

— Alors tu vas me désobéir, c'est ça ?

Quoi ? Qu'est-ce qu'il venait de dire ?

— Te désobéir ?

— Oui. Tu t'opposes à mes désirs.

Je ne me considérais pas comme une garce, mais mon insolence allait crever le plafond.

— Premièrement, je *n'obéis* à personne. Donc tu ferais mieux de ne pas te la jouer. Je ne suis pas quelqu'un que tu peux mener à la baguette. Deuxièmement, nous ne sommes que des amis, et tu prends tes rêves pour des réalités.

— Les amis ne s'embrassent pas.

— Il était saoul et ne s'en rappelle même pas !

— Mais pas toi, cracha-t-il. Et tu t'en rappelles très bien.

Je me retins à la table pour conserver l'équilibre. J'étais fâchée et je me sentais mal. Cette dispute tournait en rond. Elle ne cesserait jamais.

— Tu ne pars pas avec lui, asséna-t-il. Point final.

— Tu ne me diras pas ce que je peux faire ou non !

Jamais je ne laisserais un homme me donner des ordres. Si ça lui posait un problème, il pouvait s'en aller. Je claquerais la porte derrière lui.

— Taylor, j'en ai ma claque. Notre relation était parfaite avant que Volt ne la piétine. On s'entendait bien et je pensais que ça allait quelque part. Tu dois reconnaître que votre relation n'est pas normale. Elle dérangerait n'importe quel homme.

— Déranger, peut-être. Mais pas au point de le transformer en crétin.

Il serra les mâchoires et ses mains formèrent des poings.

— Alors c'est un ultimatum. C'est lui ou c'est moi.

— Quoi ?

— Lui ou moi ? J'ai l'impression que tu as deux copains et je n'aime pas partager. Soit tu renonces à votre amitié, soit tu renonces à notre relation.

Mon corps entier se recroquevilla à ses paroles.

— Quoi ? Tu ne voulais pas qu'il m'accompagne à

Thanksgiving et maintenant, tu veux que je le sorte de ma vie ?

— Oui, répondit-il en carrant les épaules, comme s'il était prêt à lutter. J'en ai marre de le voir te reluquer. J'en ai marre de t'appeler et d'entendre sa voix derrière. J'en ai marre qu'il t'appelle quand il a besoin d'une épaule sur laquelle pleurer. J'en ai marre de te partager. Ce problème ne cessera jamais tant qu'il ne sera pas parti. Parce que c'est lui, le problème. Alors, qui ? Lui ou moi ?

J'agrippai la table en regardant les assiettes vides. La soirée avait si bien commencé, mais tout avait dérapé. C'était un cauchemar. Dès que le nom de Volt avait été prononcé, tout s'était effondré, en proie aux flammes.

— Lui ou moi, Taylor ?

J'aimais bien Sage et je pouvais voir un avenir entre nous. Peut-être que ça deviendrait sérieux et que nous emménagerions ensemble. Peut-être que, quelques années plus tard, nous nous marierions et aurions des enfants. C'était un futur que je pouvais imaginer.

Mais je ne pouvais imaginer ma vie sans Volt.

Il était mon meilleur ami, la personne avec qui je partageais tout. Quelque chose en lui me réconfortait. Les petits amis pourraient aller et venir, mais il serait toujours là.

Je ne pouvais pas vivre sans lui.

— Volt.

Sage ne put cacher le sentiment d'horreur qui s'empara de lui. C'était comme s'il avait été poignardé en plein cœur.

— Je suis désolée. Vraiment.

Et je l'étais. Je ne voulais pas choisir et c'était injuste

de m'y obliger. Mais il avait tracé une ligne dans le sable, et j'avais bien dû choisir un côté.

Il s'éloigna de la table, plus furieux que jamais. Son visage était rouge comme une betterave et ses muscles étaient raides, prêts à foncer dans le tas. Il aurait voulu démolir mon salon. Je le voyais dans ses yeux.

— J'espère que vous serez très heureux ensemble.

– TOUT VA BIEN ?

Volt était assis à côté de moi, dans l'avion. Nous voyagions en seconde classe et étions assis à côté du hublot. Le bourdonnement constant de l'avion nous obligeait à parler un peu plus fort pour nous entendre. L'hôtesse de l'air venait de passer pour servir de l'eau et du jus de fruits.

— Je suis juste fatiguée.

Je me tournai vers la fenêtre et fis de mon mieux pour me sortir Sage de la tête. C'était la pire rupture que j'aie jamais vécue. Le voir sortir de chez moi en trombe, sans un dernier regard, avait suffi à me donner les larmes aux yeux.

Étais-je vouée au célibat éternel ?

Je ne m'attendais pas à trouver le prince charmant dès que j'avais emménagé en ville, mais je m'étais attendue à avoir plus de chance. Sage n'était pas un connard, et je pouvais comprendre son point de vue, mais pas la manière dont il m'avait acculée. Il avait cherché à me contrôler, et je ne pouvais accepter ça.

Je devais parler à Sara.

Elle me remontait toujours le moral en cas de rupture.

Elle menaçait de frapper les mecs dans les parties et de leur raser le crâne. Même si je pleurais au début de notre conversation, je la terminais toujours en riant.

— Pourquoi je ne te crois pas ?

Il lisait un livre, mais le referma et le rangea dans le filet du siège devant lui.

Je n'avais aucune envie d'en parler dans l'avion, entourés de centaines d'inconnus. J'étais sûre que j'allais me mettre à pleurer, et c'était la dernière chose que je voulais. Certaines femmes étaient si belles quand elles pleuraient, mais j'avais l'air d'une vieille tomate fripée.

— Je ne veux pas en parler maintenant.

Volt glissa sa main jusqu'à la mienne sous ma couverture et entrelaça nos doigts. Il n'insista pas et choisit de me réconforter sans mots.

— OK. On en parlera plus tard.

J'étais soulagée qu'il me laisse tranquille. Sara aurait tout fait pour me tirer les vers du nez. Sentir sa grande main autour de la mienne me procura un sentiment de sécurité, même si c'était fugace. Cela dit, toute marque de réconfort était appréciée.

— Si seulement on pouvait jouer à Mario Kart dans l'avion…

Au moins, il me fit glousser.

Il sortit son téléphone et ouvrit une appli de jeu.

— Tu aimes les mots mêlés ?

Je hochai la tête.

Il choisit une grille de lettres. Au bas de l'écran se trouvaient une liste de mots que nous devions y trouver. Il trouva le premier et fit glisser son doigt sur l'écran pour le surligner en bleu.

Je cherchai dans la mer de lettres jusqu'à apercevoir le suivant. Je fis glisser mon doigt à mon tour pour surligner les lettres.

— Cool, non ?

— C'est mieux que sur papier, dis-je en trouvant un autre mot.

Volt interrompit mon doigt et surligna le reste des lettres, gagnant le point pour le mot.

— Hé ! Enfoiré !

Son sourire était tout sauf navré.

— Tu étais trop lente.

VOLT ÉTAIT au volant de la voiture de location qui devait nous mener de Seattle à Yelm. Mes parents vivaient à quarante-cinq minutes de l'aéroport, donc ce n'était pas bien long comparé au vol que nous venions de vivre.

— On devrait apporter quelque chose ?

— Comme quoi ?

— Je ne sais pas. Une tarte ?

— Mes parents auront déjà tout prévu. Ne t'inquiète pas pour ça.

— Donc tu leur as dit que j'étais un étalon ou quoi ? Je veux que ta mère soit prête.

Il me décocha un sourire en coin.

— Ma mère n'aime pas les gros prétentieux, et ils ne savent même pas que tu es un homme.

— Quoi ? Tu ne leur as pas dit que je venais ?

— J'ai dit que j'amenais un invité, et ils ne m'ont pas demandé de quel sexe.

— Alors ils vont avoir une surprise – un mètre quatre-vingt-dix de surprise.

— Mes parents s'en foutent.

— Tu leur as déjà présenté un homme ?

— Non.

— Donc je serai le premier copain qu'ils rencontreront ? demanda-t-il, toujours en souriant.

— Pas vraiment. Tu n'es pas mon copain, donc tu ne comptes pas.

J'avais encore un copain la veille, jusqu'à ce qu'il me jette. Mes parents auraient été heureux de savoir que j'avais quelqu'un dans ma vie. Maintenant, ils penseraient que je ne pouvais avoir que des amis *garçons*, pas des *petits* amis.

— Bien sûr, que je compte, contra-t-il.

— Si tu le dis.

Il suivit le GPS jusqu'à Yelm. Ses yeux scannèrent les deux côtés de la route. La verdure s'étendait sur des kilomètres au loin. Les arbres étaient couverts de feuilles charnues et humides. La boue était rare dans le coin, car l'herbe couvrait toute surface non bitumée.

— C'est si verdoyant.

— On ne s'en lasse jamais.

De chaque côté de la route se trouvaient des pistes et sentiers de randonnée.

— L'air est différent. Je peux le sentir.

— Ça me manque, parfois. Le béton et les gratte-ciels finissent par me lasser.

— Mais je parie que tu ne peux pas trouver un chinois ouvert à trois heures du mat' à Yelm.

— C'est vrai. Mais je ne commande jamais de chinois.

— Tu penses parfois à retourner ici ?

— Parfois. Je ne sais pas si je vivrai toute ma vie à New York.

— C'est vrai ? demanda-t-il, surpris.

— Tu vois, je ne sais pas si j'aurais envie d'élever des enfants en pleine ville. Je ne pense pas que ce soit le meilleur environnement pour grandir.

— Je vois ce que tu veux dire. Mais Yelm, c'est si loin. Comment survivrais-tu sans me voir tous les jours ?

— Tu viendrais avec moi.

Je souris puis vérifiai mon téléphone pour voir si mes parents m'avaient envoyé un message. Je les avais prévenus que nous avions atterri et étions en chemin.

Volt se tut et resta longtemps sans rien dire. Il s'éloigna de la ville en direction des collines qui menaient vers le Mont Rainier. La journée était belle, et la montagne était visible au loin, recouverte de neige.

— Mince, qu'est-ce que c'est beau !

— C'est vrai, hein ?

— Et c'est juste derrière chez eux ! C'est fou.

— Si on a le temps, je t'emmènerai en randonnée.

— Tu randonnes ?

— Bien sûr. Tous les habitants du parc sont très actifs.

— C'est mignon. Je t'imagine déjà avec des bottines et un petit sac à dos.

— Ce n'est pas mignon ! En fait, c'est assez crevant. Tu verras ce que je veux dire.

— Je l'espère bien.

Nous n'étions plus qu'à un ou deux kilomètres de chez moi. La route tournait avant de révéler la maison.

— Tu vas bientôt la voir sur la droite.

— OK.

Après le virage, nous pûmes voir la vallée où le chalet était niché. Il était construit à même le flanc de la colline, donnant vue sur la verdure et le paysage au-delà. C'était assez reclus. Sans la route, nous aurions très bien pu oublier l'existence du reste du monde.

— Waouh, c'est là qu'ils vivent ?

— Ouaip. J'ai grandi dans cette maison.

– Comment ont-ils trouvé un endroit pareil ?

— Mon père a économisé pour acheter le terrain. Puis il a construit la maison. Il est menuisier, donc il a tout fait lui-même. Quand il a épousé ma mère, elle a emménagé chez lui.

— Je comprends comment il l'a séduite. N'importe qui voudrait vivre dans un tel endroit.

— Je suis sûre que mon père avait d'autres qualités.

— Mais rien d'aussi grandiose, dit-il en me donnant un petit coup dans les côtes.

Nous roulâmes jusqu'au sommet de la route et franchîmes le portail. L'avant de la maison était caché par des arbres qui se balançaient avec le vent. Le chemin de terre était trempé d'humidité, et l'herbe était plus verte que tout Central Park.

— Quelle belle maison !

— Attends de voir l'intérieur.

Nous sortîmes nos sacs du coffre et nous approchâmes de la porte. Mon premier réflexe fut de faire comme chez moi et d'entrer, mais je ne vivais plus ici depuis plus de cinq ans. Donc je sonnai à la place.

Volt balaya des yeux le porche et les chaises en bois rassemblées dans un coin. Une table était installée à côté de l'espace assis. C'était là que ma mère aimait tricoter en fin d'après-midi. Volt portait un jean et un sweat à capuche, mais son corps puissant était évident sous les vêtements amples. Il faisait une bonne tête de plus que moi, et ce n'était que maintenant que je me rendais compte à quel point il était grand.

La porte s'ouvrit et mes parents me sautèrent dessus avant que je ne puisse dire ouf. Ma mère me serra dans ses bras et m'embrassa sur les deux joues, pendant que mon père s'immisçait par le côté. Je me retrouvai prise en sandwich entre mes parents, le souffle coupé.

— Tu nous as tellement manqué, ma chérie, s'écria maman en me serrant contre elle.

— Je n'ai pas dormi tellement j'étais excité de te voir, ajouta mon père en m'embrassant sur le front.

— Vous m'avez manqué aussi, mais vous m'étouffez.

Je reculai pour pouvoir reprendre mon souffle. Je posai mes mains sur mes hanches et inspirai à fond. J'avais le sentiment que je n'aurais pas beaucoup le temps de souffler pendant ce séjour.

Ma mère tressaillit en regardant Volt.

— Chérie, qui est ton ami ?

— Maman, c'est l'invité dont je t'ai parlé. Volt.

J'aurais préféré que mes parents n'aient pas l'air si choqué, mais le pire était déjà passé.

Toujours surpris, ils le dévisagèrent, bouche bée. Ils n'arrivaient sans doute pas à croire que j'avais ramené un si bel homme dans leur maison. Volt avait de magnifiques yeux bleus, une mâchoire carrée et une tonne de muscles.

— C'est un plaisir de vous rencontrer, dit Volt en leur serrant la main. Je suis vraiment très heureux de pouvoir passer Thanksgiving en votre compagnie. Mes parents ont décidé de partir en croisière aux Caraïbes. Je ne peux pas leur en vouloir.

Ma mère serra sa main, la mâchoire décrochée. Elle aurait pu avaler une mouche.

Mon père semblait avoir du mal à retrouver son calme. Il regardait Volt comme si c'était un sauveur.

— Mais nous sommes ravis de vous avoir parmi nous. Volt, c'est ça ?

— Oui. C'est mon deuxième prénom. Mais tout le monde m'appelle comme ça.

Ma mère finit par revenir sur terre.

— Nous sommes très heureux de vous rencontrer. Merci d'être venu.

— Mais merci à vous, dit Volt. Où que Taylor aille, je la suis de près.

Mes parents tombaient déjà sous son charme. Je pouvais le voir dans leurs yeux.

— Entrez, entrez, nous invita mon père en portant ses sacs à l'intérieur.

Personne ne prit les miens, donc je m'en chargeai moi-même.

— La chambre est juste au bout du couloir, dit ma mère. Allons déposer vos affaires.

Ils nous accompagnèrent au bout du couloir, jusqu'à mon ancienne chambre. Elle était dotée d'un lit double queen-size et de commodes blanches. Mon vieil ours en peluche était toujours là.

Mon père posa les affaires de Volt d'un côté du lit, ma mère, les miennes de l'autre.

— Heu, maman. Volt et moi, on ne dort pas ensemble…

— Ne fais pas ta timide, dit ma mère. Tu es une adulte et nous le comprenons bien. Nous n'allons pas vous forcer à dormir dans des lits séparés.

Volt se tourna vers moi, le sourire aux lèvres.

— Ça ne me dérange pas.

— Maman, on ne sort pas ensemble, contrai-je. On est juste amis.

— Ne t'inquiète pas. Il n'y a aucune raison d'avoir honte.

— Je n'ai pas honte ! Je dis juste qu'on est amis, c'est tout.

Ma mère était si extatique à l'idée d'avoir un gendre qu'elle ne m'écoutait pas. Même si elle me croyait, elle ne me laisserait pas repartir tant qu'il ne serait pas mon petit ami.

— On va vous laisser vous débarbouiller, dit mon père en entraînant ma mère à sa suite.

Ma mère nous fit un signe de la main avant de fermer la porte.

Ce Thanksgiving commençait déjà bizarrement.

— Excuse-moi pour ça. Mes parents veulent vraiment me voir me caser et leur donner des petits-enfants.

— Ça ne me dérange pas, dit-il en prenant mon ours en peluche entre ses mains. Qui est-ce ?

Je lui arrachai des mains et le tins contre ma poitrine.

— C'est Teddy.

— Très original, me taquina-t-il.

— Ne te moque pas. Tu n'étais pas censé dormir ici.

Il fit le tour de ma chambre et examina le mobilier et la salle de bain attenante.

— Sympa. Je n'ai jamais eu ma propre salle de bain.

— C'est le privilège d'être enfant unique, expliquai-je.

— Je vois.

— L'herbe est toujours plus verte ailleurs.

Il s'assit sur le lit et testa la résistance des ressorts.

— Et ton matelas est silencieux… c'est parfait, dit-il en me lançant un clin d'œil.

— Tu ne dors pas avec moi.

— Pourquoi pas ? On dort tout le temps ensemble.

— C'est différent. On est généralement saouls ou déprimés. Et je ne veux pas qu'ils se fassent des idées.

— Pourquoi pas ? Mes parents pensent bien que tu es ma petite amie.

— Et ils seront dévastés quand ils réaliseront que ce n'est pas le cas.

— Peut-être qu'ils pourraient ne jamais l'apprendre.

— Quoi ?

Que voulait-il dire ?

Il testa les ressorts à nouveau.

— Tu as déjà fait entrer des garçons en douce ? Tes parents n'auraient rien entendu.

— Peut-être un ou deux…

— Petite coquine… Mais ça me plaît, ajouta-t-il en faisant danser ses sourcils.

— Je sortais avec eux, à l'époque.

— Et c'est ici que tu prenais ton pied…, dit-il en tapotant le couvre-lit.

— Tu es très indiscret, tu sais ?

— Pas vraiment. On est meilleurs amis, non ?

— Ça ne signifie pas qu'on peut tout se dire.

— En fait, je suis sûr que c'est la définition même du mot. Alors, as-tu perdu ta virginité ici ?

En entendant sa question, je m'empourprai.

— Et voilà ma réponse.

— Où as-tu perdu la tienne ? demandai-je en m'asseyant à côté de lui, mon ours sur mes genoux.

— Sur la banquette arrière d'une bagnole.

— Où ?

— Sur un bas-côté.

— Quoi ? lâchai-je.

C'était la chose la moins romantique que j'aie jamais entendue.

— Je ramenais une fille chez elle après une soirée, une chose en a entraîné une autre donc... je me suis garé sur le bas-côté et on l'a fait.

— Quel âge avais-tu ?

— Treize ans.

— Alors pourquoi conduisais-tu ?

— J'avais emprunté la caisse de mon vieux au milieu de la nuit.

— Tu t'es fait punir pour ça ?

— Bébé, s'esclaffa-t-il. Je ne me suis jamais fait prendre.

Je levai les yeux au ciel.

Ma mère s'approcha de la porte fermée et toqua.

— Le dîner sera prêt dans quinze minutes, dit-elle avant de s'éloigner à pas lourds.

— Un repas fait maison ? Ah, mais j'aime de mieux en mieux cet endroit.

— Je vais aller mettre mes affaires dans la chambre d'amis. Tu peux avoir la salle de bain.

— Quoi ? Allez, dormons ensemble. C'est quoi le mal ?

— Je te l'ai déjà dit. Je ne veux pas que mes parents s'imaginent des choses.

— Mais ils se les imaginent déjà. Même si tu vas dormir dans l'autre chambre, ils penseront quand même qu'on est ensemble. Et si tu arrêtais de faire la prude et que tu restais ici ?

APRÈS LE DÎNER et une partie de Scrabble, nous allâmes nous coucher. Je me rinçai le visage et me brossai les dents dans la salle de bain, et Volt partagea mon évier tout en suivant son rituel de nettoyage. Il se brossa les dents et se rasa avant d'enlever son jean et sa chemise.

J'avais emmené mon pyjama, même si je préférais porter ses vêtements. Ils étaient trop grands mais sentaient si bon. Ils me rappelaient son odeur toute la nuit.

Volt se coucha en premier, son torse nu exposé. Il passa une main derrière sa tête et posa l'autre sur son ventre. Ses yeux étaient braqués sur mon visage.

— Quoi ?

— Rien, répondit-il en tournant les yeux vers le plafond.

Je massai de la crème sur mes mains avant d'éteindre la lampe. Je me glissai dans le lit et serrai mon oreiller, pensant immédiatement à Sage et à ce qu'il penserait de ceci. Peut-être avait-il raison. Peut-être avait-il le droit d'être fâché. Mais même dans ce cas, je ne voulais pas évincer Volt de ma vie. Il était mon roc, mon meilleur ami, mon quelqu'un. Je ne pouvais pas m'imaginer vivre sans lui – et je ne le désirais pas.

Même si ça me rendait triste.

Volt resta de son côté du lit quelques minutes avant de rouler sur le flanc et de me serrer contre lui.

— Alors… Tu es prête à en parler ?

J'espérais qu'il avait oublié ce que j'avais dit dans l'avion. Penser à Sage me déprimait. Je ne savais pas si c'était le perdre qui me donnait le cafard, ou le fait que ce soit à cause de mon amitié avec Volt. Est-ce qu'un homme l'accepterait un jour ?

— Sage et moi… C'est terminé.

Son corps se figea autour du mien. Mais son cœur se mit à battre la chamade dans sa poitrine. Je pouvais l'entendre battre contre mon dos, à toute allure. Son souffle s'accéléra également. Son haleine réchauffait ma nuque, accompagnant les cognements frénétiques de son cœur.

— Qu'est-ce qui s'est passé ?

J'ignorais si je devais lui dire la vérité. Il allait sans doute se sentir mal.

— Rien de très grave.

— Allez. Dis-moi.

Je restai muette et regardai le mur de ma chambre. Ma commode blanche était aussi impeccable que le jour où mon père l'avait construite. Il avait utilisé le meilleur bois et la meilleure cire pour la façonner.

— C'est à cause de moi, c'est ça ?

Dans sa voix, j'entendis un soupçon de défaite, ainsi que de la tristesse.

— Non.

— Si, soupira-t-il. Que s'est-il passé ?

— Il n'a pas aimé l'idée que tu m'accompagnes chez mes parents.

— Alors tu aurais dû me laisser à New York. J'aurais compris.

— Mais je ne voulais pas te laisser. C'est ça le problème.

Son emprise se resserra autour de moi.

— Alors il m'a dit que je devais choisir. Lui ou toi.

— Pour Thanksgiving ?

— Pour toujours.

— Quoi ? demanda-t-il en se redressant sur un coude pour mieux me regarder. Tu rigoles ?

— Non.

Je roulai sur le dos pour mieux le voir.

— Il t'a obligée à choisir ?

Je hochai la tête.

— Et tu m'as choisi moi ?

La surprise éclairait toujours ses yeux bien après qu'il ait posé sa question.

— Les petits amis vont et viennent. Les amis, c'est pour la vie.

— Mais…

Sa voix mourut dans sa gorge, ses lèvres s'immobilisèrent. Il regarda ma chambre avant de se retourner vers moi, bouche bée. Il n'y avait pas grand-chose à dire, donc je ne lui en voulais pas d'avoir perdu sa langue.

— Je suis simplement triste que ça se soit terminé comme ça. On dirait que je ne peux pas garder un homme.

— Ce n'est pas le problème, Taylor. Tu n'acceptes pas les conneries des autres, et il n'y a aucun mal à ça.

— Il a dit d'autres trucs aussi… Comme quoi je lui désobéissais.

— Tu me charries ! Je parie que tu as pété un plomb en entendant ça.

Il ne me connaissait que trop bien.

— Je ne voulais pas le choisir lui. C'est tout ce qui compte.

Il se blottit contre mon flanc et m'attira contre son torse. Nos visages étaient proches et je pus y lire son inquiétude.

— Ça va aller ?

Pas vraiment. J'aimais beaucoup Sage. Quand nous nous étions rencontrés dans ce restaurant, j'avais ressenti un frisson, le genre de picotement qui s'emparait d'un corps quand quelque chose d'important se passait. Ça m'avait paru le début d'une belle chose. Mais cette chose n'avait jamais évolué, n'avait jamais eu la chance de se développer. Des cordes invisibles me retenaient et j'étais incapable d'avancer. Mais j'ignorais quelles étaient ces cordes.

— Ouais. Je m'en sortirai.

TREIZE

Volt

Elle était célibataire.

Libre comme l'air.

Et je dormais dans son lit.

Passer le week-end avec sa famille pour Thanksgiving était l'opportunité parfaite de saisir ma chance. Je pouvais rallier ses parents à ma cause, et je pouvais tout faire pour qu'elle tombe amoureuse de moi.

Enfin, la chance était de mon côté.

J'hésitais à lui avouer tous les sentiments profondément enfouis en moi, mais je ne pouvais pas aller droit au but. Elle venait de rompre avec Sage et ne semblait pas vraiment ravie. Si je lui sautais dessus sans attendre, j'aurais l'air insensible.

Mais cela ne voulait pas dire que je ne pouvais pas flirter.

Utiliser mon pouvoir de séduction.

La faire se pâmer.

J'étais doué pour ça.

Le lendemain matin, nous prîmes le petit déjeuner à la table à manger. Ses parents lui posèrent des questions sur son travail et sa vie à Manhattan, et Taylor répondit à chaque question sans montrer son irritation. Je savais qu'elle détestait être bombardée de questions, et c'était précisément ce que ses parents étaient en train de faire. Mais elle était trop sympa pour rechigner.

— Vous avez bien dormi ? me demanda son père.

C'était étrange de le regarder dans les yeux alors que sa fille m'obsédait. Je l'avais embrassée contre un mur et elle m'avait branlé. Gênant était un euphémisme.

— Très bien, merci.

— C'est le lit de Taylor depuis qu'elle est adolescente, dit sa mère. Qui aurait cru qu'elle y dormirait avec son… Enfin…

Elle baissa les yeux vers son porridge et en avala quelques bouchées.

Un orage couvait dans les yeux de Taylor.

Ses parents s'imaginaient que notre histoire allait se terminer par un mariage. Je les voyais déjà faire des plans. Au moins, ça voulait dire qu'ils m'appréciaient.

— Vous avez prévu de faire quelque chose aujourd'hui ? demanda sa mère. Tu vas lui montrer le Mont Rainier ?

— S'il est intéressé, répondit-elle en se tournant vers moi, l'air interrogateur.

— Je suis prêt à tout, Mario.

— Cool, Bowser. On verra de quel bois tu es fait.

— Mario ? Bowser ? fit son père.

— Ce sont des personnages de Mario Kart, expliqua Taylor. On y joue de temps en temps.

Ses parents échangèrent un regard.

— Qui gagne ? demanda son père.

Je grognai en entendant sa question.

— Je lui mets la pâtée, répondit Taylor. Il en pleure presque.

— Je la laisse gagner.

C'était un mensonge, mais je devais bien sauver la face.

— Ouais, c'est ça. Tu es un mauvais perdant.

— Et toi une gagnante arrogante, contrai-je.

— J'en ai assez de tes jérémiades, dit Taylor en quittant la table sans avoir touché à son assiette. Va chercher tes bottes de rando.

— Je n'en ai pas amené, répondis-je.

— Vous pouvez emprunter les miennes, proposa son père.

— Merci. Je pourrai faire ravaler sa fierté à votre fille.

— Nous partons dans quinze minutes.

Taylor sortit de la cuisine et disparut dans le couloir. Quand elle ferma la porte de sa chambre, je sus qu'elle était en train de se préparer.

— Vous êtes si mignons, tous les deux, dit sa mère en battant des cils.

— Merci. Mais c'est elle qui nous rend mignons.

— Ooh, murmura sa mère.

— Vous voulez un conseil, pour la randonnée ? demanda son père.

— Volontiers. Je ne peux pas la laisser me battre à plate couture.

— Ne montez pas à angle droit. Si vous allez de côté, c'est moins raide et vous pouvez vous déplacer plus vite.

— Merci pour la suggestion, dis-je en levant le pouce avant de quitter la table.

— Une dernière chose, interrompit sa mère.

— Oui ? demandai-je en déposant mon assiette dans l'évier.

— Vous pourriez prendre une photo de vous deux, là-haut ? J'aimerais montrer à toutes mes amies le bel homme que ma fille s'est trouvé.

Je souris jusqu'aux oreilles.

— Mais bien sûr. Je le ferai sans faute.

— Merci beaucoup. Si j'essaye de vous prendre en photo, elle piquera une crise.

— Je vois de quoi vous voulez parler. J'en suis souvent la cible.

C'ÉTAIT difficile de rester à sa hauteur car je me fichais bien de la randonnée. Gagner ne signifiait rien pour moi, quand j'étais entouré d'un paysage aussi glorieux. Quand je levais les yeux vers la cime des arbres, je pouvais voir les rayons du soleil filtrer. De fines gouttelettes tombaient çà et là, atterrissant sur mon nez ou mes joues. Elles étaient plus légères que le battement d'ailes d'un papillon.

— Qu'est-ce que tu fous ? demanda Taylor en se retournant vers moi. Tu es encore plus lent que je ne le pensais.

Elle posa ses mains sur ses hanches. Sa poitrine se dilatait sous son souffle court.

Je levai les paumes pour lui montrer ma peau couverte d'humidité.

— Ça arrive souvent ?

— Quoi ? demanda-t-elle en redescendant pour mieux me voir.

— La bruine. Ce n'est ni de la pluie, ni de la neige. Et c'est si doux.

Elle leva les yeux vers le ciel. Ses cheveux s'échappaient de son bonnet.

— Oui, il bruine souvent. Les gens disent qu'il pleut constamment, mais ce n'est pas vraiment de la pluie. Souvent, c'est la brume.

— C'est vraiment cool. Je n'ai jamais vu ça.

Le flanc de la montagne était verdoyant et colonisé par les sapins. Dominant les environs se trouvait la plus haute montagne que j'aie jamais vue, et elle était couverte de neige. Seules quelques plaques de roches noires apparaissaient en-dessous.

— C'est le plus bel endroit que j'aie jamais vu.

— C'est magnifique, non ? demanda-t-elle en se tournant pour admirer la même vue. Généralement, il y a de la neige presque toute l'année, au sommet.

— Waouh !

— Et ce n'est pas la même neige qu'à New York. Ici, elle est propre et moelleuse.

— New York n'a rien en commun avec cet endroit.

— Allez, continuons.

Elle se retourna et continua l'ascension de la colline.

Je cessai de contempler la beauté environnante pour me tourner vers une chose tout aussi captivante.

Son magnifique derrière.

Je le reluquais de temps en temps tandis que nous descendions de l'autre côté de la colline. Maintenant que je savais qu'elle était libre, mes pensées étaient encore plus charnelles qu'avant. Là, je m'imaginais coller mon visage contre son derrière. Je lécherais sa chatte trempée et humerais son odeur. Puis je m'enfoncerais profondément en elle.

Ouah. Je devais vraiment me calmer.

Quand nous atteignîmes le bas de la piste, nous tombâmes sur un ruisseau. Il coulait rapidement sous le pont et formait une cascade un peu plus loin. La neige recouvrait les berges, mais ce n'était pas la neige blanche qui recouvrait la montagne. Celle-ci était couverte d'empreintes et de boue.

— On ne devrait pas rentrer ? Il se fait tard.

— Peut-être, dit-elle. J'ai faim.

— Quelle surprise, la taquinai-je.

Elle leva les yeux vers la colline.

— J'adore descendre. Monter, pas trop.

— Je peux te porter.

Comme ça, je pourrais toucher son beau derrière à mains nues.

— Je peux me porter toute seule.

Elle me dépassa et continua la piste. Elle était très pentue, et il nous faudrait un bon moment pour atteindre le sommet.

— On est loin de la voiture ?

— Un peu plus d'un kilomètre.

Mince, ça allait durer un bail.

— Tu crois que tu y arriveras ? demanda-t-elle par-dessus son épaule.

Je reluquai son derrière très ouvertement.

— Avec une telle vue, je peux arriver à tout.

Elle leva les yeux au ciel et entama la montée.

– ATTENTION ! hélai-je en aval. C'est boueux, par là. Juste sur ta gauche. Droite, je veux dire.

— Je ne vois… Merde !

Taylor glissa sur la pente boueuse et dévala le flanc de la montagne. Elle tenta de se raccrocher à quelque chose – une racine, un buisson – mais n'y parvint pas.

Si je ne l'arrêtais pas, elle plongerait par-dessus le bord et vers une mort certaine.

— Je suis là. Ne t'inquiète pas.

Elle ne cessait d'agiter les bras pour se cramponner à de la végétation, mais elle lui glissait toujours entre les doigts.

Je me penchai vers l'avant et carrai les pieds au sol, prêt à la collision. Son élan et sa vitesse furent difficiles à arrêter, mais mon poids fit le travail. Je la pris dans mes bras et l'empêchai de bouger.

— Tu vois ? Tu vas bien.

— Putain, c'était terrifiant.

— Comme si j'allais laisser quelque chose t'arriver.

Je me relevai et la pris par la main pour la remettre debout.

— Ça glisse, là-haut. Heureusement que j'étais derrière toi. Sinon, j'aurais dû me jeter dans le vide après toi.

— Aïe ! s'écria-t-elle en touchant sa cheville, faisant la grimace. Ma cheville… elle me fait mal.

Mon cœur se mit à cogner, même si j'étais sûr qu'elle n'avait rien de très grave.

— Où ça ?

— Je ne sais pas… sur le côté.

— Tu l'as peut-être foulée.

— Oui. Peut-être.

Elle reposa le pied à terre mais tressaillit.

— Je déteste la boue.

Je me tournai vers la piste puis vers elle.

— Je vais te porter.

— Tu es fou ? lâcha-t-elle. En plus d'être en montée, le sommet est à plus d'un kilomètre. Et la pente est raide.

— Hé, je m'entraîne, tu sais ?

— Merci, Volt, mais je pense pouvoir y arriver.

Elle posa un pied devant l'autre et essaya de marcher. Elle fit un pas et serra les dents. Elle ne fit pas un bruit, mais son expression en disait long.

— Ça ne fera qu'empirer, si tu marches dessus.

— Non, c'est bon.

Pour une mule, c'était une mule.

Je la pris dans mes bras et entamai la montée.

— On n'a pas beaucoup de temps. Sinon, on rentrera dans le noir. Et quelque chose me dit que tu ne veux plus être ici dehors après le coucher du soleil.

— Mais je ne veux pas que tu te blesses en me portant, dit-elle en passant ses bras autour de mon cou.

— Bébé, tu ne pèses rien. Ne t'inquiète pas pour moi.

Je grimpai la colline en évitant la plaque de boue sur laquelle elle avait glissé. La porter ne me facilitait pas la tâche, mais ce n'était rien d'impossible. Je l'amènerais au sommet, saine et sauve.

Et puis, mon héroïsme jouerait certainement en ma faveur.

— Merci de me porter, dit-elle en posant sa tête contre mon épaule.

— Aucun problème.

— J'aurais dû faire plus attention. Je n'ai même pas vu la boue avant d'y poser les pieds.

— Ça arrive à tout le monde.

— Heureusement que je n'étais pas seule. J'aurais été dans la merde.

— Ne nous inquiétons pas de choses qui n'arriveront jamais. Je vais te ramener jusqu'à la voiture puis t'emmener aux urgences.

— Aux urgences ? répéta-t-elle, surprise.

— Oui. Pour ta cheville.

— C'est juste une foulure. Ça guérira tout seul.

— Mais il vaut mieux être sûr.

— Je déteste aller à l'hôpital.

— Pourquoi ?

— Les gens sont malades, ça me dégoûte.

— Tu es pleine de compassion, dis donc, gloussai-je.

— Je ne dis pas qu'ils sont dégueu, juste que je ne veux pas tomber malade.

— Tout ira bien. Je prendrai tous les microbes avant qu'ils n'arrivent à toi.

— Tu es mignon…

QUATORZE

Taylor

Après la radio, le docteur confirma que c'était une entorse bénigne. Tout redeviendrait normal en quelques jours.

Une perte de temps.

Volt nous ramena à la maison sans cesser de me regarder.

— Je vais bien.

— Tu veux un antidouleur ?

— Ça ne me fait pas si mal que ça.

Ma cheville était déjà moins gonflée. Demain matin, on n'y verrait plus rien.

— Il n'y a aucune honte à prendre des médicaments.

— Peut-être avant de me coucher. Mais pour l'instant, ça va.

— Merci de m'avoir emmené voir la montagne. C'était incroyable, dit-il en empruntant la piste qui menait chez mes parents.

— Et merci de m'avoir portée jusqu'en haut. J'espère que tu n'auras pas mal demain.

Il gara la voiture et coupa le moteur.

— Mal ? Tu pèses cinquante kilos toute mouillée. Je soulève deux fois ton poids tous les jours.

Je levai les yeux au ciel et sortis de la voiture. Je voulus poser mon poids sur le mauvais pied, à tort. Ma cheville palpita de douleur et je poussai un cri.

— Je vais t'aider, dit-il en me prenant dans ses bras pour me porter jusqu'à la porte.

— Je peux y arriver toute seule. J'ai des béquilles.

— Pourquoi utiliser des béquilles quand tu as un hercule comme moi ?

Il entra dans la maison. Mes parents étaient assis à la table de la cuisine. Ils étaient déjà en pyjama, mais étaient restés debout pour s'assurer que nous allions bien.

— Tout va bien ? demanda ma mère en se levant, avant de regarder l'heure sur la cafetière. Il est tard. On a essayé de vous appeler, mais on est tombés sur la messagerie.

— J'ai trébuché durant la randonnée, expliquai-je. Et j'ai foulé ma cheville.

— Et ça va, ma chérie ? demanda mon père.

— Elle va bien, répondit Volt. Mais on est passés aux urgences juste au cas où. Ça devrait guérir en quelques jours.

— Oh, Dieu merci ! s'écria ma mère en posant une main sur son cœur.

— Je vais la mettre au lit, dit Volt. À demain matin.

— Bonne nuit, dis-je en agitant la main tandis qu'il me portait jusqu'à la chambre.

— Bonne nuit, répondirent-ils.

Volt tourna dans le couloir et me porta avec aisance, comme si je ne pesais rien.

— Tom, je l'adore, murmura ma mère. Je n'aurais pas pu demander un meilleur homme pour elle.

— Il me plaît aussi, chuchota mon père. C'est un homme bien. Et il adore Taylor.

Je fis la grimace en les écoutant, irritée qu'ils ne croient pas que nous soyons seulement amis. Je levai les yeux vers Volt, espérant qu'il n'avait pas entendu leurs murmures.

Son expression ne changea pas quand il entra dans ma chambre et ferma la porte.

— Prête pour un bain ?

— J'ai besoin de me doucher. Je me sens poisseuse.

— Pourquoi pas un bain ? Prendre une douche avec une entorse ne me paraît pas une bonne idée.

— Tant que l'eau est chaude, je m'en fous.

Après avoir passé toute la journée dans le froid, couverte de boue, j'avais envie de me sentir propre et coquette. Je voulais avoir la peau brillante et les cheveux soyeux.

Il me posa au bord de la baignoire et ouvrit le robinet d'eau chaude. Le bouchon était mis, et il ajouta des sels de bain pour que la surface de l'eau soit recouverte de bulles.

— Tu crois pouvoir te déshabiller toute seule ?

Je pensais pouvoir enlever le haut sans problème, mais je n'étais pas sûre pour mon jean et mes bottines.

— Je peux essayer.

— J'ai une idée.

Il tira une serviette du placard et l'étala sur mes genoux. Il guida mes pieds vers le carrelage et me débarrassa de ma chaussure. Il stabilisa ma cheville en retirant lentement la bottine. Elle glissa de mon pied sans effort.

Je m'étais attendue à avoir beaucoup plus mal.

Il monta les mains sous la serviette et détacha mon jean. Puis il le fit lentement glisser sur mes hanches avant de le baisser le long de mes jambes. La serviette couvrait ma culotte mais, puisqu'il m'avait déjà vue en sous-vêtements, je trouvais cette précaution inutile.

Il baissa le jean jusqu'à mes chevilles puis le retira. Il était si délicat que je ne sentis pas un seul élancement de douleur. C'était facile et sans effort. Il jeta le jean, les chaussures et les chaussettes dans un coin avant de se relever.

— Tu as besoin d'aide pour rentrer dans le bain ?

— Heu… Je crois.

Quoi que je fasse, je finirais par faire pression sur mon pied. Et sur un carrelage mouillé, ça ne me semblait pas être une idée géniale.

Il regarda la baignoire puis se tourna vers moi, plongé dans ses pensées.

— Hmmm… Je pourrais fermer les yeux et te laisser tomber dedans.

— Fermer les yeux ? le taquinai-je. Comme si tu n'allais pas te rincer l'œil.

— Je pourrais me rincer l'œil, sourit-il. Mais je te laisserai me mater aussi, ajouta-t-il en faisant un signe de tête vers la douche.

Je sentis le sang s'accumuler dans mon bas-ventre. Mon entrejambe était chaud, palpitant, et mon corps entier se réveilla, excité. C'était sorti de nulle part, et c'était si puissant que j'ignorais si c'était vrai ou les suites de ma douleur à la cheville.

— Laisse-moi me déshabiller, puis tu pourras me jeter dans le bain.

— Ça marche. Préviens-moi quand tu es prête.

Il se retourna et entra sous la douche, ouvrit le robinet puis prépara une serviette. Il me tourna le dos pendant tout ce temps.

Je me dénudai et restai assise par terre, congelée maintenant que j'étais exposée. Je croisai les bras sur ma poitrine et serrai mes genoux pour repousser le froid.

— Je suis prête. Et dépêche-toi, mon cul est gelé.

Il se retourna et marcha vers moi, les yeux fermés. Il palpa le bord de la baignoire avant de s'agenouiller devant moi.

— Je sais que tes paupières sont entrouvertes.

— J'ai les yeux fermés, rétorqua-t-il en souriant.

— Oui oui.

— Si une femme ne veut pas que je la voie nue, je ne la verrai pas nue. C'est aussi simple que ça. Prête ?

Il toucha mes genoux puis glissa un bras dessous. L'autre bras serpenta dans mon dos.

— Oui, répondis-je en passant mes bras autour de son cou.

Il me souleva puis me baissa délicatement dans l'eau.

— C'est trop chaud ?

— Non.

Il me baissa jusqu'à ce que mon derrière touche le fond. L'eau chaude m'enveloppa et je me sentis enfin réchauffée, après avoir randonné toute la journée dans la neige. La douleur de ma cheville se calma aussi.

Il retira ses bras et les laissa ballants au-dessus de la baignoire. Ses yeux étaient toujours fermés.

— Confortable ?

— Très.

Je regardai les bulles pour m'assurer qu'il ne puisse rien voir.

— Tu peux ouvrir les yeux, maintenant.

Il ouvrit les yeux, et les posa immédiatement sur mes seins.

— Fait chier, j'espérais que c'était une invitation !

— Désolée, mais tu ne rates rien, de toute manière. Je suis plate comme une planche à repasser.

— N'importe quoi, dit-il en poussant un rire sarcastique. Et je sais de quoi je parle.

— Mais je n'ai pas la poitrine de Julia.

— Et alors ? Les femmes sont de toutes formes et de toutes tailles. Plus gros n'est pas forcément mieux.

— Je n'ai jamais entendu un homme dire ça.

Il gloussa.

— Crois-moi, tu as toutes les courbes qu'il faut là où il faut.

Il alla chercher une serviette et la roula avant de la glisser sous ma tête, comme un oreiller.

— Tu as besoin d'autre chose ? Je vais aller prendre ma douche.

— Tu vas prendre ta douche devant moi ?

La cabine de douche était en verre transparent. Petit ou gros, je pourrais tout voir.

— J'accrocherai une serviette à la porte. Tu ne pourras rien voir d'intéressant. Sauf si tu veux… évidemment.

Il me lança un clin d'œil avant de retourner dans la chambre.

Je ne pouvais plus me défaire de cette image.

Il revint, une serviette passée autour de sa taille. Une autre serviette pendait déjà par-dessus la porte, donc il entra dans la douche, se débarrassa de sa serviette et la jeta par-dessus la porte, par terre. La serviette me cachait la vue de sa virilité, mais je pouvais voir tout le reste.

L'eau ruissela sur ses cheveux et les trempa. Ses mèches couvrirent son front et il passa sa main dedans pour les ramener en arrière. Tous les muscles de ses épaules transparaissaient sous sa peau. Chaque muscle était parfaitement dessiné. Les épaules étaient une zone sensible, facile à blesser, mais son corps semblait impénétrable.

Il pressa du shampoing dans sa main et le massa dans son cuir chevelu. Le shampoing moussa et coula sur son visage, le forçant à fermer les yeux. Il frotta ses cheveux et sa nuque, et la mousse recouvrit son torse et ses bras. Ses pectoraux étaient durs comme du béton. Ma vue de son corps s'interrompait juste sous le nombril, et je fus déçue de ne pas pouvoir en voir plus.

Mon Dieu, il était à tomber.

Volt rinça le shampoing puis me regarda à travers la vitre.

— La vue te plaît ?

— Heu non, répondis-je en me détournant vivement, comme si je ne me rinçais pas l'œil. J'ai cru voir une araignée.

—Ouais, c'est ça, dit-il en gloussant.

Je regardai mes orteils percer la surface de mousse. Ils

étaient bleu vif car je les avais vernis deux jours plus tôt. Je maintins mon corps bien caché sous le niveau de l'eau pour qu'il ne puisse rien voir. J'étais sûre que mes tétons pointaient et que mon entrejambe était rose d'excitation.

— Tu sais quoi ? demanda Volt en se savonnant le torse. On pourra dire aux gens qu'on s'est lavés ensemble. C'est la vérité – en théorie.

— Je ne dirais ça à personne !

À présent, je ne pouvais nier les paroles de Sage. C'était vraiment étrange. Volt et moi étions plus que meilleurs amis. Je ferais pareil avec Sara, mais c'était différent. Le fait qu'il soit un homme séduisant et moi une femme rendait les choses plus qu'inappropriées. Peut-être Sage avait-il raison, et moi tort.

Il rinça le savon sur son corps puis ferma le robinet.

— Je me sens beaucoup mieux maintenant. Je ne suis pas habitué à la boue et à la neige.

— Juste à la pollution et au béton.

— Ouais, gloussa-t-il avant d'ouvrir la porte pour attraper la serviette.

Il la noua rapidement autour de sa taille, me cachant tout ce qu'il y avait d'intéressant.

Je devais cesser de le mater.

Il sortit de sous la douche et ramassa l'autre serviette par terre. Il la passa dans ses cheveux pour les sécher avant de la jeter dans l'évier. Puis il s'approcha du miroir et se rasa.

Je restai complètement immobile, soudain consciente de ma nudité. Une simple serviette autour de sa taille. Et j'étais nue dans mon bain. Nous étions comme un couple marié se préparant à aller se coucher.

Ce n'était pas normal.

Il se brossa les dents et, lorsqu'il eut terminé, il retourna dans la chambre.

— Je ne reviens pas, donc fais ce que tu as à faire.

— De quoi tu parles ? lâchai-je.

Il pensait que j'allais me toucher dans mon bain ou quoi ?

— Lave tes cheveux… frotte ton corps, expliqua-t-il depuis le seuil. Qu'est-ce que tu pensais que je voulais dire ?

Mon visage blêmit en dépit de la chaleur.

— Rien…

Il me lança un regard perplexe avant de sortir et de refermer derrière lui.

Enfin seule, je pus me détendre un peu.

Mais mon entrejambe ne cessait de palpiter.

VOLT et mon père partirent randonner dans la vallée. Mon père ne suivait jamais les pistes quand il partait dans l'étendue sauvage. Il se fiait à son compas et au soleil pour se diriger. Volt sauta sur l'occasion de l'accompagner dans le plein air.

Je restai à la maison avec ma mère puisque je ne pouvais pas marcher. Ma cheville allait mieux, mais ce n'était pas encore guéri. Je ne pourrais sans doute pas marcher jusqu'à notre retour à New York.

Ma mère tricotait dans son rocking-chair et j'étais couchée sur le canapé, le pied élevé. La télé était allumée et la série *I Love Lucy* était diffusée. Plus jeune, je la regardais très souvent quand j'étais malade et obligée de rester à la maison.

— Eh bien… Volt me semble être un parfait jeune homme.

Ma mère resta concentrée sur son tricot, même si elle venait de lancer une conversation qui ne finirait pas bien.

— Il l'est. Mais il n'est pas mon petit ami.

— Il est homo ?

— Non, lâchai-je.

— Et toi ?

— Maman !

— Si vous n'êtes pas homos et que vous dormez ensemble, il est ton petit ami.

— Maman, on est seulement amis. Meilleurs amis.

— Des meilleurs amis qui s'aiment.

Ma mère était si résolue à me voir me marier et tomber enceinte qu'elle voyait des choses qui n'existaient pas.

— Maman, je dois avouer que c'est un peu étrange. Enfin, très. Mais c'est la vérité.

— Un homme ne traverse pas le pays pour rencontrer les parents d'une femme s'il ne cherche que son amitié. Je vois bien sa manière de te regarder. C'est comme quand ton père me regarde, moi.

C'était très mignon de sa part de dire ça, mais complètement faux.

— Volt ne ressent rien pour moi. Crois-moi.

Elle posa son tricot et ses aiguilles et me décocha un regard dur. Je sentais venir un sermon.

— Je pensais que tu étais intelligente et perspicace.

— Je le suis.

— Pourtant, tu es complètement aveugle.

— Ouille…

— Désolée, ma chérie, mais c'est la vérité. Cet homme t'aime. C'est gravé sur ses traits à chaque fois qu'il te regarde. Peut-être qu'il n'est pas ton petit ami pour l'instant, mais il n'arrêtera pas tant qu'il ne le deviendra pas.

C'était si ridicule que j'étais prête à éclater de rire. Mais je ne voulais plus me battre. Si ça la rendait heureuse, alors tant mieux pour elle.

— Si tu le dis.

— Ne te fous pas de moi, dit-elle en me pointant du doigt. Je suis ta mère, et je sais ce que je dis.

Ouais, c'est ça.

— Maman, j'avais un petit ami jusqu'il y a quelques jours… mais il m'a quittée.

Son impertinence s'évanouit en m'entendant.

— Quel petit ami ?

— Il s'appelait Sage, et on sortait ensemble depuis plusieurs semaines, mais on n'arrêtait pas de se disputer à cause de Volt.

— Pourquoi Volt ?

— Sage était jaloux. Quand je l'ai invité à passer Thanksgiving avec nous, il l'a mal pris. Il m'a donné un ultimatum. Soit je renonçais à avoir Volt dans ma vie, soit je le perdais comme petit ami.

— Et tu as choisi Volt…, dit ma mère d'un air triste.

— C'est mon meilleur ami, me défendis-je.

Je ne devrais pas avoir à expliquer pourquoi j'avais choisi l'amitié plutôt qu'une relation amoureuse.

— Je ne peux pas imaginer ma vie sans lui. Je veux un

petit ami qui peut être ami avec Volt aussi. Je veux les deux.

— Et il n'y a pas de mal à ça.

Au moins, quelqu'un était d'accord avec moi.

— Mais je crois aussi que Sage n'avait pas tort. Comment te sentirais-tu si ton petit ami passait tout son temps avec une autre femme ?

Ça ne me plairait sans doute pas du tout.

— Je vois ce que tu veux dire.

—Donc peut-être que sa demande n'était pas si radicale que ça.

Peut-être pas.

— Et peut-être que la meilleure façon d'éviter que ça se répète serait… de sortir avec Volt.

Elle allait droit au but – encore une fois.

— Maman, ce n'est pas comme ça.

— Pourquoi pas ? Tu veux me dire que tu n'es pas attirée par lui ? Parce que c'est le plus bel étalon que j'aie jamais vu.

Je ne pus retenir mon rire.

— Maman…

— Il ne t'attire pas ?

— Eh bien…

Je me rappelais notre dernier baiser dans les moindres détails. Son baiser était hypnotique, incroyable. Mon corps s'était consumé comme jamais. Ce n'était que du désir, mais d'une telle intensité…

— Si.

— Et il est ton meilleur ami, donc vous êtes compatibles. Alors qu'est-ce qui vous retient ?

— Eh bien, quand on s'est rencontrés, j'en pinçais

pour lui. Je n'arrêtais pas de penser à lui et je voulais qu'il m'invite à sortir. Puis je me suis rendu compte que c'était un dragueur, un coureur de jupons. Il m'a dit qu'il ne voulait pas se caser. Donc j'ai décidé que je préférais être son amie.

— Et c'est la seule raison ?

— Pas vraiment. Après ça, on est devenus très bons amis. J'ai cessé de le considérer comme autre chose. J'ai commencé à sortir avec d'autres hommes.

— Et maintenant ?

— Eh bien… il m'a embrassée l'autre jour. Il était saoul et il ne s'en souvient pas, mais moi si. Et j'ai ressenti quelque chose.

— Alors pourquoi ne tentes-tu pas ta chance ?

Ma mère voyait toujours les choses en noir et blanc. Rien n'était compliqué, avec elle.

— Parce que rien n'a changé. Volt n'est pas du genre monogame. Il cherche un coup d'un soir, et moi un partenaire pour toujours.

— Et je crois qu'il peut l'être.

Je voulais lever les yeux au ciel.

— Volt est un gentleman devant vous, mais il n'est pas toujours aussi parfait. Je le connais mieux que vous.

— Peut-être. Mais tu es également biaisée parce que tu le connais depuis des mois. Je le vois pour la première fois maintenant, et je te dis que ça se voit comme le nez au milieu de la figure. Cet homme est amoureux de toi.

Ma mère pensait que tout le monde était amoureux de moi. Elle pensait que j'étais la fille la plus jolie et la plus intelligente du monde entier. Typique d'une mère, quoi.

Mon téléphone sonna et je vis que l'appel venait de Sara.

— Désolée, maman. Je dois répondre. J'ai dit à Sara que je l'appellerais hier et j'ai oublié.

— Vas-y, dit-elle en retournant à son tricot. Dis-lui bonjour de ma part.

— Sans faute.

J'entrai dans ma chambre pour prendre l'appel.

— Hé, dit-elle au bout du fil. Ça fait un bail !

— Désolée, j'ai oublié de te rappeler.

— Tu as brisé le code des meilleures amies, ma fille.

— Désolée…

Ma cheville foulée avait foutu en l'air toute ma journée. Et dormir à côté de Volt en l'imaginant nu ne m'avait pas aidée. J'avais eu du mal à dormir, la veille.

— Comment se passe Thanksgiving ?

— Bien. Et toi ?

— Je suis coincée à New York, donc il ne se passe pas grand-chose.

— Je parie que c'est calme.

— Ouais, les gens restent chez eux en soirée. Mais c'était la folie aujourd'hui pour le Black Friday. Alors, quoi de neuf de ton côté ?

— Rien. Volt est allé randonner avec mon père, et je suis restée à la maison.

— Hein ? Quoi ? Tu es avec Volt ?

— Il n'avait nulle part où aller pour Thanksgiving.

— Et Sage, ça ne le dérange pas ?

— Sage n'était pas… ravi. Mais c'est fini.

— Quoi ? Sans déconner ?

— Ouais…

Ce n'était pas la meilleure manière de commencer Thanksgiving.

— Et ça va ?

— Je vais bien. Un peu le cafard, mais ça va.

— Qu'est-ce qui s'est passé ?

J'en avais ma claque de raconter cette histoire en boucle.

— En gros, il n'aime pas que je passe autant de temps avec Volt et il m'a demandé de choisir.

— Et tu as choisi Volt.

— C'est mon meilleur ami. Qu'est-ce que j'étais censée faire ?

— Ne pas le choisir, répondit-elle simplement. Allez, votre amitié est tordue. Si j'avais un homme, je ne le laisserais pas tremper dans les affaires d'une autre fille.

— Mais ce n'est pas comme ça.

— Ouais, comme si j'allais te croire…

Elle n'allait pas s'y mettre aussi !

— Je ne mens pas. Je ne ressens rien pour Volt. Ça ne marcherait jamais, entre nous. Il est trop superficiel et peu fiable. Il a essayé de sortir avec une femme, mais ça n'a duré qu'une semaine ou deux avant qu'il ne se lasse. Et je te jure qu'elle était canon. S'il ne peut pas sortir avec elle, alors c'est un célibataire endurci. C'est simple.

— Alors pourquoi as-tu sacrifié une histoire d'amour pour lui ?

— Je l'ai sacrifiée au nom de notre amitié, rien de plus.

— Sage était canon. Tu m'as montré des photos.

— Je sais. Il était parfait.

— Alors arrange le coup, Taylor. Il n'est pas trop tard.

— Je ne sais pas. Je ne peux pas vivre sans lui.

— Lui qui ? Sage ou Volt ? Attends, tu parles de Volt, n'est-ce pas ? demanda-t-elle d'un ton désapprobateur.

— Oui…

— Quelle merde…

— Je sais, mais je ne peux pas l'expliquer. Quand je suis avec lui, j'ai l'impression de pouvoir tout faire. Il me soutient toujours, j'ai l'impression d'être importante. Il me fait rire et sourire. Il m'a aidée à traverser des mauvaises passes et je peux lui faire confiance. Il ne me mentirait pas, ce qui est rare. Si je devais être enfermée dans une pièce pendant une semaine avec quelqu'un, il serait mon premier choix.

— Merci…

— C'est comme ça.

— On dirait que tes copains prendront toujours la deuxième place.

— Mais ce n'est pas comme ça ? Les amis avant les amants ?

— Ouais… jusqu'à ce que tu te maries. Et puis c'est l'inverse.

— Eh bien, je veux rencontrer un homme qui soit assez sûr de lui pour accepter mon amitié avec Volt.

Elle éclata de rire.

— Bon courage ! Aucun mec ne veut d'un chien qui renifle sa femme.

— Je peux t'assurer qu'il ne renifle rien du tout.

La porte grinça puis j'entendis un déclic quand elle se referma. J'étais couchée sur le ventre sur mon lit. Je regardai par-dessus mon épaule pour voir qui était là.

Mais il n'y avait personne.

— Taylor ?

— Oui ?

— Où étais-tu ? demanda Sara.

— Je pensais qu'il y avait quelqu'un, mais j'ai dû entendre des voix. Enfin, et toi, tu as rencontré quelqu'un ?

QUINZE

Volt

Je ne peux pas vivre sans lui.

Il me fait rire, me fait sourire.

Si je devais être enfermée pendant une semaine dans une pièce avec quelqu'un, il serait mon premier choix.

Je ne savais pas du tout qu'elle ressentait ça pour Sage. J'avais pensé que c'était un homme qu'elle fréquentait comme ça. Mais à l'entendre parler de lui, c'était comme si elle était très amoureuse. Peut-être ne m'avait-elle pas dit la vérité par peur de me blesser – qu'elle l'avait perdu à cause de moi.

Je retournai dans la cuisine, la tête bouillonnant d'un tourbillon d'informations. Taylor était au téléphone avec une amie, probablement Natalie, et j'avais surpris une conversation que je n'aurais pas dû entendre.

J'étais presque sûr qu'elle n'avait pas remarqué ma présence.

— Tout va bien, mon chou ? demanda la mère de Taylor en déposant son tricot avant de s'approcher.

— Oh oui, ça va. Je voulais juste boire un verre d'eau avant de prendre une douche.

Je secouai le désespoir qui me nouait le cœur.

— Laissez-moi faire, dit-elle en remplissant un verre de glaçons avant d'appuyer sur le bouton du frigo. Vous avez passé une bonne journée ?

Je n'arrêtais pas de penser à Taylor. Elle avait mis son cœur à nu et je savais à présent combien Sage lui manquait. Elle avait semblé triste dans l'avion et quand nous avions dormi ensemble, mais je ne m'étais pas rendu compte à quel point.

— C'était magnifique. Votre mari marche vite.

— Il a l'habitude d'être dehors.

— Ça se voit.

Je bus tout mon verre d'eau avant de le poser dans l'évier.

— Volt, je peux vous demander quelque chose ?

— Bien sûr, dis-je en me tournant vers elle, posé, rationnel.

Mon esprit faisait des bonds après ce que j'avais entendu, et je devais me calmer.

Elle croisa les bras sur sa poitrine et étudia mon visage, comme si elle y cherchait une réponse.

— Vous aimez ma fille, pas vrai ?

Je pensais qu'elle allait me demander de sortir la poubelle ou de l'aider à faire quelque chose dans la maison. Sa question sans détour fit éclater ma cervelle. Je ne pus garder mon sérieux.

— Parce que vous devriez le lui dire. Tout le monde le voit sauf elle.

Elle me lança un petit sourire entendu avant de s'éloigner. Elle ramassa son tricot sur le comptoir et retourna dans le salon. *I Love* Lucy passait à la télé.

Abasourdi, je restai planté là.

NOTRE AVION ÉTAIT sur le point d'atterrir à New York, et j'étais impatient de rentrer. J'avais beaucoup de choses en tête et j'avais besoin d'être seul pour réfléchir. Mon amitié avec Taylor n'était pas ce que je pensais qu'elle était. Elle était l'animal et moi la tique. Je suçais son sang jusqu'à ce qu'il ne lui en reste plus. J'étais la raison de son malheur.

La raison de son désespoir.

— Volt ?

— Hmmm ? fis-je en me tournant vers elle, tentant de me désensibiliser de son beau visage.

Peu importe le nombre de fois où je le regardais, je craquais. Ses yeux étaient toujours plus brillants, ses lèvres plus charnues. Chaque détail de son visage était exquis, et mes yeux la buvaient comme des gouttes de pluie dans le désert.

— Tout va bien ? Tu es bien silencieux, depuis quelques jours.

J'ignorais comment réagir. Je devais garder une distance entre nous, un trou béant grand comme un cratère. Chaque fois que je me rapprochais, je la blessais.

— Je crois que j'ai attrapé un truc. Je ne suis pas moi-même.

— Je ne t'ai pas entendu tousser ou éternuer.

— Je me retiens. Tu sais, comme tu détestes les gens malades…

Je gardai un ton léger. C'était la meilleure tactique.

— Tu veux que j'aille te chercher quelque chose ?

— Non, ça ira. J'ai pas mal de travail à rattraper au bureau. Je vais être bien occupé.

Et je ne prendrais pas ses appels.

— Eh bien, j'espère que tu t'es bien amusé chez mes parents. C'était sympa de rentrer chez moi.

— Je me suis très bien amusé. Merci de m'avoir invité.

C'était vrai, jusqu'à ce que je me rende compte quel crétin j'étais.

— Merci d'être venu.

L'avion atterrit enfin et roula jusqu'au terminal. Je me réjouissais de sortir de là. Plus je restais avec elle, plus c'était difficile d'être près d'elle. J'étais comme un poison et elle ne s'en rendait même pas compte.

— Tu es sûr que ça va ? demanda-t-elle en m'étudiant attentivement, comme si elle voulait trouver ce que je lui cachais.

— Absolument sûr.

MÊME SI JE DÉTESTAIS ÇA, j'étais forcé d'agir.

Il n'y avait pas d'autre moyen.

Taylor était malheureuse par ma faute.

Et je devais arranger ça.

J'avais gâché ma chance avec elle, et je n'aurais sans doute plus jamais d'occasion.

Mais c'était comme ça.

Je devais lui dire adieu.

Et à notre amitié.

Sage ouvrit la porte et ne dissimula pas sa surprise en me voyant. Il plissa les yeux, suspicieux. Il garda une main sur le battant, pour pouvoir le claquer si nécessaire.

— Tu es occupé ?

— Ça dépend.

— Je veux te parler de Taylor.

Entendre son nom ne fit que l'irriter davantage.

— Tu as passé un bon Thanksgiving ?

Je méritais cette pique, et j'en étais conscient.

— Accorde-moi cinq minutes.

— D'accord. Vas-y.

Il ne m'invita pas chez lui et me barra le chemin avec son corps.

— Donne une autre chance à Taylor, s'il te plaît.

Son expression formidable ne changea pas.

— Elle a fait son choix.

— Mais elle ne voulait pas choisir.

— Ah si. C'était très clair.

Je ne repartirais pas tant que je n'aurais pas eu ce que je voulais – et ce que Taylor voulait.

— Je comprends que tu te sentes menacé par ma présence. Je suis toujours…

— Tu es obsédé par elle. Tu craques pour elle. Tu sors avec des beautés juste pour essayer de l'oublier.

Eh bien, il était doué d'un sixième sens.

— Je ne suis pas jaloux, mais je ne peux pas vivre avec ça.

— Je comprends. Et je vais disparaître.

Ne comprenant pas le sens de mes paroles, il haussa un sourcil.

— Quoi ?

— Je m'en irai. Je l'ignorerai et je l'éviterai jusqu'à ce qu'elle m'oublie.

— Pourquoi ferais-tu une chose pareille ? demanda-t-il en croisant les bras.

— Parce que tu lui manques. Parce qu'elle ne peut pas vivre sans toi, et qu'elle veut que ça marche, entre vous.

Il n'en crut pas un mot.

— D'où tu sors ça ?

— Je l'ai entendue le dire.

— Elle t'a dit ça ?

— Elle l'a dit à une amie au téléphone.

Il secoua légèrement la tête.

— Elle devait parler de quelqu'un d'autre – sûrement de toi.

— Elle a prononcé ton nom, insistai-je, sûr de moi. Alors donne-lui une autre chance. Je m'en vais. Je cède pour que tu puisses l'avoir.

— Au moins, tu le reconnais, dit-il sombrement. Je lui dis depuis des semaines, mais elle refuse de me croire.

— Elle ne voit que ce qu'elle veut voir.

Il s'appuya contre le chambranle, le visage impassible.

— Tu m'as évincé. Elle est à toi.

Il se frotta la nuque en regardant le sol.

J'attendais patiemment sa réponse.

Quand il croisa mon regard, c'était d'un air résigné.

— Non. Elle n'est pas à moi.

— Je te donne ma parole que je me tiendrai à carreau. Tu ne me reverras plus jamais.

— Non. Elle n'est pas à moi parce qu'elle ne l'a jamais été.

— C'est faux.

— Je te crois. Je suis sûr que tu tiendrais parole et que tu nous laisserais tranquilles. Ce n'est pas le problème.

— Alors c'est quoi, le problème ?

— Tu ne comprends pas…, pouffa-t-il, riant sous cape.

— Comprendre quoi ? demandai-je, frustré. Je te donne ce que tu veux.

— Mais je ne suis pas ce qu'elle veut. C'est toi qu'elle veut.

Mon visage se vida de son sang. Je pus sentir mes lèvres sécher.

— Elle peut le nier tant qu'elle veut, mais je sais que c'est toi qu'elle veut. Elle est amoureuse de toi. Tu es l'homme sans qui elle ne peut pas vivre – pas moi. Je l'aime beaucoup, mais je ne peux pas sortir avec une femme quand je sais qu'elle en préfère un autre. Je ne peux pas rivaliser avec toi. Même si tu disparais, tu ne seras jamais vraiment parti. Parce qu'elle ne t'oubliera jamais. Donc c'est vraiment fini. C'est moi qui cède.

Rien de ce qu'il disait n'était vrai.

— Je l'ai entendue…

— Tu as mal entendu, coupa-t-il en croisant les bras. Entre nous, ça ne marchera jamais. J'apprécie ton geste, mais c'est une perte de temps.

Même si je voulais le croire de toutes mes forces, je ne le pouvais pas. C'était trop beau pour être vrai.

— La balle est dans ton camp, mec. Parce que je ne changerai pas d'avis.

J'avais échoué. Je n'avais rien arrangé. Maintenant, Taylor serait déprimée pendant des mois.

— Volt, je ne plaisante pas…

Je levai les yeux vers lui, ignorant ce qu'il allait dire.

— Vous êtes faits l'un pour l'autre. Et j'espère que tu feras le pas.

Cher lecteur, chère lectrice,

Merci d'avoir lu Étincelle. J'espère que vous avez apprécié le lire autant que j'ai apprécié l'écrire. Si vous pouviez laisser votre avis, ce serait d'une grande aide ! Vos commentaires sont les meilleurs encouragements qu'un auteur puisse recevoir. Merci beaucoup !

Avec tout mon amour,

E. L. Todd

Du même auteur

L'histoire continue dans Brûlure, Tome 3 de la série Électrique.

Disponible maintenant